Arthur Achleitner

Bergrichters Erdenwallen

Arthur   Achleitner

Bergrichters Erdenwallen

ISBN/EAN: 9783337353919

Hergestellt in Europa, USA, Kanada, Australien, Japan

Cover: Foto ©Andreas Hilbeck / pixelio.de

Weitere Bücher finden Sie auf **www.hansebooks.com**

Bergrichters Erdenwallen

Hochlandsroman

von

Arthur Achleitner

Berlin.

Alfred Schall,

Königliche Hofbuchhandlung

Verein der Bücherfreunde.

Dem großen Criminalisten und Strafrechtslehrer

Herrn Professor Dr. Hans Groß

verehrungsvoll gewidmet.

I.

In großer Erregung umstehen Bauersleute, Knechte und Mägde das Gehöft des Servaz Amareller, Bauers im Hemmernmoos, und besprechen den unerhörten Fall eines großen Gelddiebstahles. Nach den im Jammerton immer wieder vorgebrachten Beteuerungen des dürren, kleinen Amarellers ist eine Brieftasche mit über fünfhundert Gulden, dem Betrag für verkauftes Vieh, aus einer gut versperrt gewesenen Truhe gestohlen, ganz rätselhaft entwendet worden. Gestern noch überzeugte sich Servaz Amareller durch Abzählen der Noten von dem Vorhandensein des Geldbetrages worauf die Truhe wieder sorglich verschlossen und der Schlüssel im Ofenloch versteckt wurde. Heute ist das Geld verschwunden, wiewohl niemand Fremdes im Hause gesehen und der Schlüssel im Aschenversteck vorgefunden wurde. Die Nachbarn, von der überraschenden Neuigkeit verständigt, stimmen dem jammernden Bestohlenen zu, daß nur eines von den Hausleuten selbst den Diebstahl habe vollführen können, weil sich weder an der Hausthüre noch an den mit Eisenstäben vergitterten Fenstern Spuren eines gewaltsamen Eindringens vorfinden lassen. Schon zweimal haben die Bauern die Front sowie die Seiten des Gehöftes in Bezug auf Anzeichen eines Einbruches von Außen untersucht, es ist nicht das Geringste zu entdecken. Das Geld ist aber fort, die Truhe aufgesprengt. Amarellers Jüngster mußte sogleich nach der Entdeckung des Diebstahles hinaus zur Gendarmerie zur Anzeige, und jeden Augenblick steht die Ankunft eines Gendarmen zu erwarten.

Die Bauern erörtern in lebhafter Weise die Frage, wer solcher, in Tirol unerhörter Frevelthat genügend verdächtig sein könnte. Die Inwohner sind durchaus ehrliche Leute, wenigstens bis gestern seit Jahren gewesen; ohne äußere Anzeichen eines Eindringens kann es nicht anders sein, als daß einer der Dienstboten schuldig des Diebstahls ist. Aber wer?

Einer der Nachbarn warf die Frage auf, ob denn der Hund des Amareller gar nichts gemeldet habe. Der dürre Servaz beteuerte: „Sell ischt frei aus der Weis'! No nia hat si' a Dörcher zurwig'wagg und grad heunt Nacht muß selle Frevelthat passiren! Ich versteh' 's nuit, wie sall öpper hat zuageahn können! Suscht so a scharfer Hund, und grad heunt Nacht laßt er aus, der Saggrasultan! I kann's selm nuit verstiahn!"

Die andern verstehen den Fall, daß der als scharf und bissig bekannte Hofhund einen Dieb eingelassen haben soll, auch nicht.

Der Falgerbauer folgerte daraus, daß der Dieb entweder eine Wurst für den Sultan mitgebracht oder sich in Abwesenheit des Hundes eingeschlichen haben mußte.

Wohl an zwei Stunden sprachen die Leute über den rätselhaften Diebstahl und tranken dabei von Amarellers bereitwillig kredenztem Röthel, weil so ein erregter Diskurs soviel Durst erzeugt.

Als aber die Gestalt des heranrückenden Gendarmen sichtbar wurde, schickte man Flasche und Gläser sogleich ins Haus zurück, wobei Amareller sagte, es schicke sich nicht, vor der Obrigkeit Wein zu trinken, besonders nicht, wenn einem über fünfhundert Gulden Bargeld gestohlen worden sind. Könnte das Steueramt erfahren, daß einer trotz des Diebstahles noch Wein im Keller habe, wie leicht könnte es sein, daß das Steueramt einen dafür höher einschätzt in der Steuer.

Der Falger stimmte zu. „Ischt wohr oh und a Gendarm braucht kan Röthel!"

Kurz fiel die Begrüßung des Sicherheitsmannes aus, der nun nach Vorschrift und Pflicht den Thatbestand aufnahm und sich vom Amareller den Fall erzählen ließ. Das verschlang eine weitere Stunde, es ging auf Essenszeit und gar lieblich dufteten die Schmalznudeln aus dem Hause. Solcher Mahnung wollten die Nachbarn nun folgen und sich nach Hause begeben, allein der Gendarm erklärte, daß der Herr Bezirksrichter als Untersuchungsrichter jeden Augenblick mit der Kommission eintreffen könne, daher die Leute schon dableiben müßten.

Jetzt wollte aber keiner der Bauern, die bisher nicht genug über den rätselhaften Diebstahl schwätzen konnten, mehr bleiben, und unverhohlen sagten sie, mit dem Gericht wollen sie nichts zu thun haben. Nun befahl aber der Gendarm das Verbleiben bis zur Ankunft des Richters, und die Bauern blieben vor dem Hemmernmooshof, jetzt still und verschlossen.

Bald darauf kam der Richter mit dem Protokollführer angefahren, stumm gegrüßt von den nun zaghaften, scheu gewordenen Bauern. Nach dem Rapport des Gendarmen ging der Richter, eine hohe Gestalt mit merkwürdig scharfen, durchbohrenden Augen und einer hohen Stirne, zum Amtsgeschäft über, indem er den Amareller als Bestohlenen einem Verhör unterzog. Servaz hatte noch keine zehn Sätze gesprochen, da unterbrach ihn der Richter mit der Frage: „Ischt der Hofhund männlichen Geschlechts?"

Überrascht stammelte Amareller. „Wird wohl decht so sein!"

Laut, allen Anwesenden vernehmlich sprach der Richter: „Das ischt eben die alte und ewig dumme Geschichte. Ihr

7

Bauern haltet immer *männliche* Hunde, Dörcher und fahrendes Volk immer Weibchen. Und da wundert ihr Bauern euch dann, und könnt nicht begreifen, daß eure Hofhunde fremde Leute lautlos einlassen! Geschieht euch ganz recht! Also der Hofhund hat nicht gemeldet, gut. Habt ihr irgend ein Anzeichen an den Außenseiten gefunden?"

Servaz verneinte diese Frage und verwies auf die völlig intakt gebliebenen Fenstergitter.

Langsam ging der Richter von Fenster zu Fenster des Erdgeschosses und zog einen zusammenlegbaren Maßstab aus der Tasche, mit welchem er die Sprossenentfernung im Gitter maß.

Staunend sagte Amareller. „Mit Verlaub, Herr Richter, durch selle Gitter wird decht keiner durchschlupfen können!"

„Du schweigst, bis du wieder gefragt wirst!" erwiderte der Richter, namens Ehrenstraßer und prüfte dann die Vergitterung auf etwaige Konstruktionsfehler, worauf der Befehl erfolgte, es sollen sich alle Anwesenden in den Flur des Hauses begeben. Nun widmete der Richter seine ganze Aufmerksamkeit dem Boden rings um das Gehöfte, und suchte nach Spuren und Fußabdrücken. Um das Haus ist der Boden kiesig, fest, nichts zu finden. Doch schon in geringer Entfernung wird der Boden, entsprechend dem bezeichnenden Gehöftnamen (Hemmern = Nißwurz, moos-sumpfiger Grund) weich, und der Richter hatte nicht lange zu suchen, da stieß er auch schon auf Abdrücke von Schuhen im moosigen Boden, eine Fährte von überraschenden Eigenschaften. Einmal finden sich die Abdrücke stark nach auswärts gerichtet, wodurch der Richter kombinierte, daß der Erzeuger dieser Fährte Plattfüße habe. Die nächste Prüfung der Fährte warf aber die Vermutung, daß sie vom Diebe herrühren könnte, über den Haufen, denn die Fährte geht gemäß den Abdrücken im weichen Boden auf das Haus zu, nicht von demselben weg.

Der Richter wurde von diesem Faktum einigermaßen überrascht und ging der Fährte entgegen, weiter in den Moorboden hinein, bis sie sich auf den zur Sicherung der Passanten gelegten Pfadbrettern verlor.

Ist diese Fährte nun die zum Hause führende, so muß jene, welche vom Hause wegzieht, gefunden werden. Mit der größten Sorgfalt und Gründlichkeit suchte der Richter nach der Weggangsspur, er mühte sich ab, und verwendete alle seine Amtserfahrung für diese Suche, doch vermochte er nicht einen vom Hause führenden Fußabdruck zu finden. So kehrte Ehrenstraßer denn zur zuführenden Spur zurück, und hob mehrere Abdrücke mit charakteristischen Nägeleindrücken aus dem Boden aus, um sie mit größter Sorgfalt zwischen mitgeführten Pappendeckeln zu verwahren, und eingebunden der Feldtasche einzuverleiben, die der Untersuchungsrichter ähnlich wie die Offiziere solche umgehängt tragen, an der linken Hüftenseite trägt.

Nun wurde der Protokollführer gerufen und demselben alles Einschlägige über die gemachten Wahrnehmungen diktiert. Zur größten Verwunderung der Bauern ließ sie der Richter nun einzeln vor das Haus treten, wobei Ehrenstraßer scharf auf die Formation der Füße achtete. Nicht einer von den Leuten, auch nicht vom Gesinde, hat Plattfüße.

Der Richter schickte die überflüssig gewordenen Nachbarn nach Hause und nahm nun die Dienstboten einzeln vor, welche nach der Meinung des Amareller verdächtig sein müssen, weil die Fenstergitter unbeschädigt geblieben sind.

Gleich dem ersten Knecht maß der Richter mit dem Zollstab das Querdurchmaß des Kopfes, das zur Hälfte der Mund des grenzenlos Überraschten betrug.

„Abtreten! Der nächste vor!" lautete der Befehl. Ein schmächtig gebauter junger Bursche trat heran, der nun den rechten Arm über den Kopf emporstrecken mußte. Rasch wurde nun dem Burschen der Kopf nebst dem emporgestreckten Arme in der Quere gemessen, und das Resultat machte den Richter stutzig, denn es betrug der Kopfdurchmesser inklusive Arm genau 14 cm und dieselbe Distanz weisen die Sprossenentfernungen auf. Für den Untersuchungsrichter ist dadurch klargelegt, daß dieser Bursche durch die Gittersprossendistanz durchschlüpfen kann und daß das Gitter mit 14 cm Sprossenentfernung kein Hindernis für ein Eindringen von außen bildet. Ist der Bursche daher der Dieb, so brauchte er nicht von außen einzusteigen.

Eine Kopfmessung der übrigen erachtete der Richter zwecklos, nachdem die Gittersprossenentfernung die Möglichkeit eines Eindringens von außen gewährleistet. Die Untersuchung wurde nun auf das Haus im Innern und die Truhe ausgedehnt.

Viel bot der Lokalaugenschein nicht. Der Richter fand, daß die Truhe wie ein Koffer geöffnet werden konnte, wenn man den Deckel aufschlug. Rostig und alt war das Schloß; kaum geeignet, einen besonderen Widerstand zu leisten; ebenso alt und morsch war das Truhenholz. Ehrenstraßer besah sich die Stelle genau, wo der unbekannte Dieb mit einem Instrument eingesetzt haben mußte, um den Deckel aufzusprengen. Deutlich ist zu sehen, daß ein Stemmeisen knapp neben dem Schlosse zwischen dem obersten Rand der Vorderwand und dem Deckel eingeführt wurde, das Holz zeigt den betreffenden Abdruck des Werkzeuges und läßt erkennen, daß auf das Heft des Werkzeuges ein Druck nach unten ausgeübt worden sein mußte. Das Eisen hat also gleichzeitig in die Vorderwand der Truhe hinunter, mit dem Schneidende aber auch hinauf auf den Innenteil des

Truhendeckels gedrückt und sohin die Öffnung des Deckels erzielt.

Diese Wahrnehmung ergänzte eine weitere Nachforschung, welche ergab, daß um das Mal, welches das Eisen in das Brett drückte, das Holz sehr stark im Gefüge war. Der Eindruck läßt erkennen, daß das Eisen vorne schmäler gewesen sein muß.

Sorgfältig prüfte der Untersuchungsrichter nun auch die Innenseite des aufgesprengten Deckels und fand, daß an der Wirkungsstelle, wo das Eisenende den Druck ausübte, eine Figuration vorhanden ist, die zackig nach abwärts läuft. Sofort kombinierte der Richter, daß das Werkzeug kein normales Stemmeisen gewesen sein könne, eher eine Art Schraubenzieher, dessen eine Ecke an der Schneide abgebrochen sein mußte. Dieses Eckenteilchen war aber nicht zu finden, so sehr sich Ehrenstraßer auch abmühte. Nun wurden die Entfernungen der Druckstellen gemessen und die Resultate dem Protokollführer diktiert. Ohne das Instrument selbst zu haben, ist zu konstatieren, daß die Schneide jetzt 38 mm breit ist, daß sie vor dem Abbrechen der Ecke 41 mm breit war und daß das Stemmeisen 94 mm von der Schneide gegen das Heft hin gemessen, eine Breite von 54 mm haben mußte.

Weitere Erfolge konnten nicht erzielt werden. Gleichwohl nahm der gewissenhafte Richter nun noch die Verhöre der Dienstboten vor und zwar wurde zunächst die Küchenmagd Gretl, eine kräftige junge Person, citiert, die zitternd in der Verhörstube erschien.

Ehrenstraßer richtete die üblichen Vorfragen an die Person in hochdeutscher Sprache, bekam aber keine Antwort, daher er die Fragen im Dialekt wiederholte. Jetzt verstand ihn die Magd und gab ihr Nationale an.

„Hast du in der vergangenen Nacht etwas Besonderes wahrgenommen?" frug der Richter.

Die Magd wechselte die Farbe, ward bleich, dann wieder rot, ein Beben lief durch den ganzen Körper, eine unverkennbare Angst war vom Gesicht abzulesen. Stotternd beteuerte Gretl: „Ich hab' ganz gewiß nichts g'stohlen!"

„Das glaub' ich ja auch! Aber du mußt mir schon sagen, was du in dieser Nacht beobachtet hast. Ischt jemand eingestiegen?"

„Sall woaß ich nuit!"

„Ischt jemand an deiner Thür' vorbei?"

„Sall schon!"

„Und was ischt dann geschehen?"

„Ich kann's nicht sagen, ich hab' zu fest g'schlafen und bin erst wach worden, wie's vorbei war!"

„Was war vorbei?"

Zögernd und in großer Scheu gestand die Dirn, daß sie beim Erwachen einen Strohkranz um den Kopf hatte.

„Hast du einen Burschen in der letzten Zeit abgewiesen?"

Gretl nickte.

„Welcher Bursch' war das?"

„Der Seppel, seller, der heute von Enk gemessen worden ischt mit'm Kopf und Arm!"

„Also ischt jener Seppl dir aufsässig, er verfolgt dich?"

„Ja, sall ischt schon so!"

„Liegst du allein in der Schlafkammer?"

12

„Es liegt noch die Stalldirn drinnen in der Nacht!"

„Und diese hat auch nichts gehört?"

„Nein!"

„Hast nichts gefunden, was der Seppl in der Schlafkammer zurückgelassen hat?"

„Decht wohl! Ein rotes Tüchel hat er vergessen!"

Jetzt wußte der erfahrene Richter den Sachverhalt genau, den er der Dirne aufzählte: „Der abgewiesene Seppel wollte sich an dir rächen! Er ischt heute Nacht mit einer rot verhüllten Laterne[1] in die Kammer geschlichen und ihr Dirnen habt fest geschlafen. Zum Hohn und Spott hat der Seppel dir den Strohkranz auf den Kopf gelegt, den du beim Erwachen vorgefunden hast."

„Sall ischt richtig! Ich bitt', gnä' Herr, verzählen Sie's nicht weiter, die Schand' ischt zu groß!" bat die Dirne flehentlich.

„Schon gut! Vom Einbruch hast du nichts wahrgenommen?"

„Nichts, gnä' Herr!"

Das Verhör der Stalldirne ergab nur die Bestätigung, daß der Strohkranz vorgefunden wurde. Vom Einbrecher selbst fehlt jede Spur. Die Untersuchung wie das Protokoll wurden geschlossen und die Gerichtskommission verließ den Hemmernmooshof und dessen laut um sein verlorenes Geld jammernden Besitzer.

───────

In seiner kahlen, dürftig mit den allernotwendigsten Geräten, wie Tisch, Stuhl, kleines Waschservice und Aktenständer möblierten Kanzlei im kleinen

Gerichtsgebäude des Bergstädtchens präparierte der Bezirksrichter Ehrenstraßer sorgfältig die zu Amt gebrachten, ausgehobenen Spuren, die inzwischen eingetrocknet sind, doch die Nägel und Schuheiseneindrücke deutlich zeigen. Sie werden dem Akt einverleibt, der nun ruhen muß, bis der berühmte Zufall seine ersehnte Rolle zu spielen beliebt. Schon wollte der Richter den Akt dem Rubrum „Buchstabe A" einverleiben, da fiel Ehrenstraßer ein, die Angelegenheit doch nicht mit der heutigen, nahezu ergebnislosen Untersuchung auf sich beruhen zu lassen. Der Amtsdiener Perathoner, ein kugelrundes Männchen, das in der Körperfülle im schreienden Gegensatz zur mageren Gage stand, erhielt Befehl, den Gendarmeriewachtmeister zu holen, und geschäftig wie immer, eilte der Diener zur Kaserne.

Ehrenstraßer erledigte inzwischen einen Citoakt in seiner ruhigen, gewissenhaften Weise. So still ist's in dem kahlen, schlechtgetünchten Raum, daß das Kritzeln der Feder auf dem ziemlich rauhen Aktenpapier, sowie das Summen einiger nach Freiheit lüsternen Fliegen an den geschlossenen, vorhanglosen Fenstern das einzige Geräusch geben.

Ganz in die Arbeit versunken, überhörte der Richter das leise Klopfen sowie das Aufklinken des Thürschlosses. Erst als eine silberhelle Mädchenstimme rief: „Lieber Papa!" hob Ehrenstraßer den Kopf und blickte auf.

„Ah, mein Herzensschatz! Tritt nur ein, Emmy! Was führt dich zur Amtszeit zu mir?"

Verlegen, lieblich errötend steht die etwa zwanzigjährige blonde Tochter aus erster Ehe vor dem Papa, eine hübsche Erscheinung, und in der Kopfbildung wie in den Augen von unverkennbarer Ähnlichkeit mit dem Vater. Ob der leisen Rüge, die Emmy in der Frage Papas sogleich empfand, bat die Tochter, das Eindringen in die Kanzlei zur Amtszeit gütigst entschuldigen zu wollen.

„Schon gut, Emmy! Du weißt, daß ich während der Amtsstunden ausschließlich meinem Berufe angehöre und hier Störungen in Privatangelegenheiten vermieden wissen will. Es muß sonach deinem Besuch ein besonderes Ereignis zu Grunde liegen! Sprich, mein Kind: Was führt dich hierher?"

Ehrenstraßer hatte sich erhoben und trat seiner Tochter näher, die plötzlich die Arme ausbreitete, dem überraschten Vater um den Hals fiel und an seiner Brust zu weinen begann.

„Emmy Kind! Was soll denn das bedeuten?"

Unter Thränen schluchzte die Tochter: „Verzeih, lieber Papa! Laß mich weinen an deiner treuen Vaterbrust!"

„Um Gotteswillen! Was bewegt dich so sehr? Was ischt denn vorgefallen?"

Das Mädchen erbebte und weinte heftig, ohne eine Antwort zu geben.

Forschend richtete der Richter seine scharfen Blicke auf die Tochter, deren Verhalten ihm völlig unfaßbar erscheint.

„Hat es zu Hause Verdruß gegeben, Emmy?"

Die Tochter schüttelte den Blondkopf.

„Ischt dir jemand zu nahe getreten? Ich kann das bei den ruhigen Verhältnissen in unserm Städtchen nicht glauben. Sprich, mein Kind! Und vergiß nicht: Ich bin zur Arbeit hier verpflichtet! Sprich!"

„Ich kann nicht, lieber Papa!" stammelte Emmy.

15

„O, Weiber! Widerspruch über Widerspruch! Da kommst du mir in die Kanzlei in einem Zustande, der an Fassungslosigkeit grenzt, suchst eine Aussprache mit deinem Vater und nun du reden darfst, und sollst, heißt es: Ich kann nicht reden! Das verstehe, wer will; ich verstehe es nicht!"

„Verzeihe, guter, lieber Papa!"

Der Richter wurde stutzig und wiederholte die Worte: „Verzeihe, guter, lieber Papa! Das klingt gewissermaßen verdächtig! Ist im Herzkämmerchen etwas nicht in der Alltagsordnung, was?"

In großer Verwirrung flüsterte Emmy unter erneuter Umarmung dem Vater zu: „Verzeih' mir, süßer Papa! Ich kann nichts dafür — Franz!"

Jetzt löste Ehrenstraßer die Umarmung und ernst sprach er: „Was muß ich hören? Wer ischt Franz? Wie kommt meine engelreine Tochter zu einem Franz? Wer ischt das? Was hat es gegeben? Ich will nicht hoffen — —"

Abwehrend rief Emmy: „Nein, nein, lieber Papa, wie kannst du nur denken! Ich kenne meine Pflicht! Aber —"

„Was aber?"

Verwirrt stammelte Emmy: „Franz, der Sohn des Cementfabrikanten Ratschiller, hat mich begleitet auf dem üblichen Spaziergang und hat mich —"

„Nun?"

„..... hat mich gefragt, ob ich seine Frau werden möchte! Verzeihe mir, lieber Papa!"

„So? Das ischt ja das Allerneuste! Und der junge Mann scheint nicht zu wissen, bei wem man zuerst in solchen

Angelegenheiten anfrägt?"

Errötend lispelte Emmy: „Verzeihe, Papa! Franz wollte zuerst meine Meinung wissen, er kommt dann gewiß zu dir, um deinen Segen zu erbitten!"

„Ei, der Tausend! Also perfectum est! Ich muß sagen: Eine solche Selbständigkeit hätte ich meiner sanften Emmy gar nicht zugetraut! Du hast dem Cementmenschen also schlankweg dein Jawort gegeben?"

„Doch nicht, lieber Papa! Ich habe nur gesagt, Franz solle um deinen Segen bitten!"

„Ach, du liebe Einfalt vom Lande!" lachte der Richter auf.

„Bitte, bitte, lieber Herzenspapa, sei nicht böse, und gieb uns deine Einwilligung!" flehte in holder Verwirrung die Tochter.

„Adagio, lento tempo, Kind! Ein alter Jurist überstürzt nichts! Und im tempo furioso wird nicht geheiratet. Der alte, goldene Juristenspruch: „Quis, quid, ubi, quibus auxilius, cur quomodo, quando" gilt auch in diesem Falle!"

„Papa, ich verstehe kein Wort von dem gelehrten Zeug!"

Ehrenstraßer lächelte. „Das glaub' ich gern! Doch genug nun von der überraschenden Sache! Geh' heim, Emmy, wir werden darüber schon noch reden!"

„Bitte, Herzensväterchen, bitte schön!" schmeichelte das Mädchen.

„Nur nicht pressieren, Kind! Ich höre Stimmen im Warteraum, es wird der citierte Wachtmeister kommen! Verlaß mich nun, Kind, mich ruft die Pflicht! Adieu, Emmy!"

Das Mädchen küßte Papa herzhaft und wirbelte dann zur Thüre hinaus.

„Eine schöne Bescheerung! Aber ein gutes Kind ischt Emmy doch, denn von dem Werber weg ischt sie zum Vater gelaufen! Eigentlich ganz natürlich, ich bin ihr ja der einzige und nächste, hm, der einzige dürfte ich gewesen sein!" murmelte der Richter und klingelte dann.

„Herr Bezirksrichter befehlen?" fragte der eintretende Diener.

„Ischt der Wachtmeister da? Soll eintreten!"

„Zu Befehl, Herr Bezirksrichter!" rief Perathoner und schob seine Kugelgestalt ins Vorzimmer hinaus.

Gleich darauf trat der stämmige Gendarmeriewachtmeister, der wohl in Uniform war, jedoch nur das Seitengewehr und statt des Federnhutes das gewöhnliche Dienstkäppi trug, salutierend ein und stellte sich militärisch stramm vor dem Richter auf. „Herr Bezirksrichter befehlen?"

„Mein lieber Wachtmeister! Sie werden vom Gendarmen, der heute mit auf Kommission beim Amareller war, bereits erfahren haben, daß wir nicht viel Erfolg hatten. Ich will den Akt nun nicht schlummern lassen, vielleicht kann seitens der Gendarmerie gelegentlich eine wertvolle Wahrnehmung gemacht werden. Ich möchte Sie daher dahin verständigen, daß nach dem Befund der erbrochenen Truhe im Hemmernmooshofe das gebrauchte Werkzeug sehr wahrscheinlich ein Schraubenzieher mit einer abgebrochenen Ecke gewesen ischt. Achten Sie und die Ihnen unterstellte Mannschaft bei Requisitionen, Besuchen und sonstigen Patrouillen auf ähnlich beschaffene derartige Werkzeuge und erstatten Sie mir dann sogleich Anzeige."

„Sehr wohl! Haben Herr Bezirksrichter sonst noch Befehle für mich?"

„Nein! Ich danke Ihnen!"

Mit militärischem Gruß trat der Wachtmeister ab. Der Richter wollte sich weiter seiner Arbeit widmen, doch parierten die Gedanken nimmer, die sich mit der überraschend gekommenen Verlobung beschäftigten. So quälte sich Ehrenstraßer ab, einen Akt fertig zum Expedit zu stellen und endlich legte er die Feder nieder und ging nach Hause.

II.

Ziemlich am Ende des Städtchens, in einer Art Villenviertel, stand das Haus, in welchem der Richter sich vor Jahren eingemietet hatte, weil im Amtsgebäude die Räume zu einer Dienstwohnung nicht ausreichten. Ehrenstraßers zweite Frau hatte sogleich nach der Trauung lebhaft protestiert gegen eine so kleine Wohnung, außerdem wollte sie nicht, wie sie sagte, mit Sträflingen und Inquisiten unter dem gleichen Dache wohnen und des weiteren könne man nicht wissen, wie groß die Familie noch werde. Diese letztere Bemerkung hatte den sonst so ernsten Richter lachen machen, sie gab den Ausschlag, die große Wohnung am Stadtende wurde gemietet und nach kurzen Jahren bevölkerten zwei Mädchen aus zweiter Ehe das Haus, welches die Umwohner aus guten Gründen mählich die „Judenschule" zu nennen pflegten.

Frau Bianca Ehrenstraßer stammte aus einer Weinhändlersfamilie Südtirols und zeigte in der äußeren Erscheinung den Ampezzanertypus. Anfangs ein feines Figürchen mit südländischem Temperament, kohlschwarzen Augen und blauschwarzem Haar, entwickelte sich die Richterin mit den Jahren zur korpulenten Frau, die trotz des ständigen Aufenthaltes in reindeutschen Bezirken mit der deutschen Sprache auf Kriegsfuß stand und wälsche Lebensart beibehielt. Eine Folge davon war ein steter Dienstbotenwechsel, der dem Gatten das Leben sauer machte und welcher die Bewohner des Amtsstädtchens jahraus, jahrein mit Gesprächsstoff versorgte. Heißt es doch, ein Dienstbotenvermittelungsbureau in Innsbruck sei allein gar nicht im stande, bei Bezirksrichters den Bedarf an Dienstboten zu decken, denn gewechselt wird in jedem

Monat, entweder die Köchin oder das Kindermädel und eine Scheuerfrau ist im Städtchen nicht mehr aufzutreiben, weil alle diesbezüglich in Frage kommenden Personen bereits im Hause gewesen sind.

Frau Ehrenstraßer oblag am Nachmittag zur Stunde, da der Bezirksrichter die Kanzlei verließ, der Lektüre eines italienischen Romanes, und hatte sich so sehr darin vertieft, daß sie die Anrede der in das Wohnzimmer gekommenen Köchin Cenzi, einer drallen Unterinnthalerin, überhörte. Cenzi wiederholte die Frage: „Ich bitt', Frau, was soll zum Abend gekocht werden?"

Frau Bianca richtete sich auf mit den Anzeichen hoher Entrüstung und zeterte: „Come? Was sein das Manieren? I sono eine gnädige Frau, eine perfetta, wirkliche Gnädige! Du müssen sagen ‚gnä' Frau' zu mir, capisca?!"

Demütig senkte Cenzi den Kopf und sprach dann: „Gnä' Frau, ich bitt', was soll ich zum Abend richten?"

„Das sein Sachen der cuciniera, ich haben keine Zeit!"

Ratlos stand das Mädchen vor der Gebieterin; erst vierzehn Tage im Haus und nicht ganz sicher vertraut mit der Kochkunst, weiß Cenzi nicht, wie sie sich zurechtfinden soll, zumal sie von der Sprache der Gnädigen nichts versteht.

„Bring' burro fresco con pane bianco! Kinder wollen Jause!"

Kopfschüttelnd entfernte sich das Mädchen, entschlossen, am nächsten Ersten zu kündigen.

Wenige Augenblicke später stürmten die Töchterchen zweiter Ehe, Mädchen mit wälschem Typus im Alter von sechs und fünf Jahren, im tempo furioso lärmend in die Wohnstube und begannen den Speisetisch zu umkreisen, wobei die Kinder wie toll um burro fresco (frische Butter) und Weißbrot schrieen.

Vergebens gebot Frau Bianca solchem Heidenlärm, die Mädchen kümmerten sich nicht im geringsten um das tace und lärmten weiter. Mama riß am Glockenzug, doch als vom Gesinde niemand kam, befahl sie Lina, dem Kindermädel aufzutragen, die Jause zu bringen.

Lina sprang hinaus, kam aber bald zurück, um in welscher Sprache zu berichten, daß von den Dienstboten niemand zu finden sei.

„Welche Wirtschaft!" zeterte Mama und stürmte hinaus. Die Mädchen benutzten die Abwesenheit der Mutter, um die Tischlade einer Revision zu unterziehen, sowie im Buffet Nachsuche zu halten. Jubelnd wurde die Honigflasche entdeckt und ihres Inhaltes beraubt, Schwarzbrot wurde mit Öl aus der Karaffe beträufelt und gierig verzehrt. Unter gegenseitigen Püffen konnte es nicht anders sein, daß es Scherben gab, in Trümmern liegt die Huiliere am Boden und ihr Rest breitet sich zu einem prächtigen Oval auf dem Teppich aus, Honigspritzer bedecken Tisch und Stühle. Die jüngere Tochter erklomm auf einem Stuhl die Höhe, um im oberen Schrank des Büffets zur Marmelade zu gelangen, die von den kleinen Händchen aber nicht erfaßt werden konnte. Klirrend fiel das Glas um und riß noch andere mit und patsch schlug die Marmelade unten am Boden auf.

„Subito!" schrieen die Racker von Mädchen und begannen den süßen Inhalt aufzutunken, indem sie sich auf den Boden setzten und schlankweg mit den Fingern die Marmelade zu Munde führten. In dieser reizvollen Situation traf Frau Bianca ihre Sprößlinge, und die Überraschung war so groß, daß die Richterin im Schrecken die Butterdose fallen ließ.

Die Mädchen benutzten die momentane Verwirrung, um in rasenden Sprüngen sich nach außen in Sicherheit zu bringen; Bianca stand allein vor der Bescheerung, fassungslos für den Augenblick, doch fand sie sogleich die Sprache wieder, als Herr Ehrenstraßer eintrat und in seiner ruhigen Weise der Gattin einen „Guten Abend" wünschte.

Ein Wortschwall ergoß sich über den Richter, welcher verwundert den Scherbenhaufen betrachtete und sich ein spöttisches Lächeln nicht versagen konnte. „Eine schöne Bescheerung das! Die Mädels treiben es bunt!"

Sofort nahm Frau Ehrenstraßer Ihre Kinder in Schutz; schuld an den skandalösen Verhältnissen im Hause seien die Dienstboten und Emmy, die sich so viel wie gar nicht nach Recht und Pflicht um das Hauswesen kümmere.

Ein ernster Blick traf die Gattin und ebenso ernst klang die Erwiderung. „Das Hauswesen und die Führung des Haushaltes ischt doch wohl *deine* Sache als Frau und Mutter! Und Emmy ischt wohl deine Stieftochter, keinesfalls aber dein Dienstmädchen! Ich hoffe, du wirst dir das merken! Im übrigen dürfte Emmy die längste Zeit im Hause gewesen sein!"

„Come?" rief überrascht die Gattin.

„Emmy war heute zu ganz ungewöhnlicher Zeit bei mir in der Kanzlei und gestand, daß der Sohn des Cementfabrikanten Ratschiller sie um ihre Hand gebeten habe!"

„Welche Neuigkeit! Und was haben du gesagt, carissimo?"

„Die Sache muß denn doch erst geprüft und überlegt werden!"

„Ha! Emmy sein also sposa felice, ich gratulieren! Gleich ich wollen der Braut wünschen Glück!" Mit dem Feuer ihres südländischen Temperaments wollte Frau Bianca forteilen, die Stieftochter, welche ein Zimmer im oberen Stockwerk bewohnt, aufzusuchen.

Doch der Richter hielt die Gattin zurück. „Keine Übereilung, Liebste! Wir sind noch nicht so weit und" — Ehrenstraßer hielt inne, er wollte es nicht aussprechen, daß ihn die übergroße Freude der Gattin über den Weggang Emmys aus dem Hause wenig angenehm berühre.

Aber Frau Bianca war Feuer und Flamme für das Heiratsprojekt und riß sich los.

„Bleib'! Und sorge dafür, daß die Bescheerung da weggeschafft wird! Man müßte sich ja schämen, wenn ein Besuch diese Wirtschaft erblickte!"

„Sollen Domestiken ausputzen! Ich müssen zu Emmy!" Und fort rauschte die Gattin.

Herr Ehrenstraßer begab sich seufzend in seine Stube, die sein Tuskulum im sonst so lärmerfüllten Hause ist, wo er sich einigermaßen ungestört den Studien seines Faches hingeben kann in den wenigen ihm verbleibenden freien Stunden. Diesmal sollte dem fleißigen Manne freilich nur ein Halbstündchen Ruhe beschieden sein, denn die Mädchen hatten es bald los, daß Mama im obern Stockwerk bei Emmy weilt, und sogleich ward ein Kriegsspiel inscceniert, dessen Lärm häuserweit zu hören war.

Der seelensgute Vater legte seufzend das juristische Litteraturblatt aus der Hand und begab sich in den Flur zum Schauplatz des Damenkrieges, um Ruhe zu gebieten.

Im drolligsten Kauderwelsch erklärten die Mädchen, daß sie ja nur ein Indianerspiel vollführten und Papa möge sie nicht stören.

24

„Kinder, gebt Ruhe! Der Lärm ischt zu groß! Mädchen sollen überhaupt ruhig spielen. Nehmt euere Puppen! Indianerspiele treiben nur wilde Buben!"

„Wir sein anche Bubi! Juih!" lärmten die Racker und balgten sich wie toll.

„Herr meines Lebens! So kann es nicht weiter gehen! Ruhig, Kinder! Oder es setzt Hiebe ab!"

„Papa uns nit slag!" lachten die Mädchen und wirbelten die Treppe hinunter, um im Garten weiter zu spielen.

„Eine heillose Wirtschaft!" seufzte Ehrenstraßer und zog sich in seine Stube zurück.

Ärgerlich kam Frau Bianca von Emmy herunter. Die stürmischen Glückwünsche zur Verlobung hat die Stieftochter höflich, doch kühl entgegengenommen und dafür gedankt mit der Einschränkung, daß Papa seine Genehmigung noch nicht gegeben habe, daher die Angelegenheit noch nicht spruchreif sei. Allem weiteren Drängen auf Mitteilung, wo sich das Paar kennen und lieben gelernt, setzte Emmy Schweigen gegenüber und bat schließlich, ihr die Antwort erlassen zu wollen. So sah denn die Stiefmama ihre Neugierde unbefriedigt und verletzt zog sie andere Saiten auf, indem sie scharfen Tones Emmy ersuchte, unten im Wohnzimmer gefälligst Ordnung zu schaffen.

„Ich komme gleich!" hatte Emmy erwidert, als Frau Ehrenstraßer grollend ihre Stube verließ.

„Sangue della Madonna!" rief die Richterin unten angelangt und ballte die Hände zu Fäusten, als sie von ihren dienstbaren Geistern nicht einen erblickte, und stürmte von Stube zu Stube, bis ein Glockenzeichen sie zur Korridorthüre rief.

„Sangue di Dio! Welche liebe Besuch! Complimenti! Prego, tretten Sie ein, casa mia stehen Sie zu Dienst!" begrüßte die Dichterin die Besucherin, Frau Rosa von Bauerntanz, die Gattin des Bezirksarztes, eine hübsche, blonde Erscheinung, die freilich unter einer altmodischen Toilette wenig zur Geltung kommen konnte.

Der Besuch wurde unter lebhaften Beteuerungen der Freude ins Wohnzimmer geleitet; Frau Ehrenstraßer erschrak wohl beim Anblick der noch immer nicht beseitigten Bescheerung, wußte aber sogleich eine Entschuldigung, indem sie der Besucherin erzählte, die Bescheerung sei die Folge eines urplötzlich gekommenen Ereignisses.

„Ein Ereignis!? Ach, erzählen Sie doch, liebste Frau von Ehrenstraßer!" rief in größter Neugier die Arztensgattin.

„Ja, große Ereignis! Momento grande! Emmy sein sposa felice!"

„Was ischt sie?"

„Sposa, Braut!"

„Nicht möglich! Mit wem ischt sie denn so geschwind verlobt worden! Nein, eine solche Neuigkeit! So reden Sie doch, liebste Freundin! Bitte aber möglichst deutsch, sonst entgeht mir das Wichtigste!"

Eigentlich weiß Bianca selbst so viel wie nichts, doch erzählte sie, mühsam nach deutschen Worten suchend, daß der Sohn des Cementfabrikanten Ratschiller die Emmy schon seit langer Zeit liebe, es aber bis vor wenigen Stunden nicht gewagt habe, sich zu erklären.

„Was, der Ratschiller Franz?"

„Si, si! Haben Sie etwas contra?"

Frau von Bauerntanz errötete und biß sich auf die Lippen. Nicht um ein Rittergut würde sie jetzt eingestehen, daß sie geglaubt, in jenem jungen Mann einen stillen Verehrer ihrer Person sehen zu dürfen. Gewandt lenkte sie das Thema wieder auf die Verlobungsangelegenheit.

Mit Behagen erzählte Bianca weiter. Besagter junger Mann hätte heute um Emmy angehalten und die Überraschung sei so groß gewesen, daß die Kinder die noch am Boden liegenden Gläser hätten fallen lassen.

„So? Ja, sind denn die kleinen Kinder in dieser Sache gefragt worden?"

„Come, ich nicht verstehen, was meinen!"

Die Doktorin dachte sich ihren Teil und fragte nach der Antwort, die der Herr Bezirksrichter als Vater gegeben habe.

„Si, si, haben meine Mann gesagt! Ist gute Partie, der Bräutigam sein molto ricco, sehr reich!"

„So, so! Ich gratuliere bestens! Nein, eine solche Neuigkeit! Aber nun muß ich trachten, weiterzukommen! Gott! Wird sich die Bezirkshauptmännin ärgern! Die hat geglaubt, den jungen Ratschiller für ihre Tochter bereits eingefangen zu haben und jetzt ist es nichts! Brühwarm soll die Hauptmännin diese Neuigkeit erfahren! 'pfehl mich sehr! Hab' die Ehre, liebste Frau Bezirksrichter, auf Wiedersehen, 'pfehl mich sehr!"

Schneller als sonst üblich vollzog sich die Verabschiedung, und Frau Bianca stand allein, ehe sie noch wußte, wie die Doktorin nur aus der Wohnung gekommen sei. Vom Erkerfenster aus konnte die Richterin sehen, daß Frau von Bauerntanz im Eilschritt der Bezirkshauptmannschaft zustapfte und mählich kam Bianca der Gedanke, daß die Doktorin nun wohl mit der Neuigkeit hausieren gehen werde. Ob das nicht verfrüht ist?

Eine Ablenkung von solchen nicht gerade angenehmen Gedanken brachte die Rückkehr Cenzis vom Fleischer und nun folgte eine dramatisch bewegte Scene, die schließlich mit der sofortigen Entlassung der Köchin endete. Das Kindermädel wäre zwar auch reif zum Davonjagen, doch ist es nicht angängig, das Personal zur Gänze an ein und demselben Tage zu entlassen.

Bis es Zeit zum Abendimbiß wurde, war die Unterinnthalerin mit Sack und Pack bereits aus dem Hause.

Ehrenstraßer erfuhr diese Neuigkeit während der Abendmahlzeit und nahm sie schweigend zur Kenntnis. Wäre Emmy nicht eingesprungen, hätte die Familie überhaupt nichts zu essen gehabt.

Der Richter nahm Emmy dann in seine Stube mit, um den Fall durchzusprechen. Bianca aber brachte die Kinder zu Bett, was natürlich nicht ohne Spektakel abging und haderte dann mit sich und ihrem Schicksal, bis es auch für sie Zeit zur Nachtruhe wurde.

———————

III.

In der Nähe des Bahnhofes der kleinen Amtsstadt befindet sich ein zweistöckiges Haus, dessen großer Schild verkündet: C. Ratschiller, Cementfabrik. In die Parterrelokalitäten sind die Bureaux untergebracht, die mit einem langen Lagerschuppen in Verbindung stehen, zu welchem ein eigenes, sogen. Industriegeleise vom Bahnhof zur Einladung des Portlandcementes[2] führt. Die oberen Räume bewohnt die Familie Ratschiller, bestehend aus dem alten Chef der Firma und dessen Gattin, einer würdigen Matrone, dem etwa sechsundzwanzigjährigen Sohne Franz und zwei Töchtern.

Die Cementfabrik selbst liegt hinter dem Bergrücken in einem Seitenthale, etwa eine halbe Stunde vom Städtchen entfernt und müssen die Produkte der Tag und Nacht im Betrieb stehenden Fabrik in Fässern per Fuhrwerk auf der schlechten Vicinalstraße heraus zur Bahn verfrachtet werden. Emsig arbeiteten die Komptoiristen in der Schreibstube, wie die Magazinieure eifrig mit der Verladung draußen beschäftigt sind. In der anstoßenden Stube soll der Sohn des Hauses seiner Arbeit, der Korrespondenz, obliegen, doch war Franz in den letzten Tagen wenig in diesem Raume anzutreffen.

Das Allerheiligste der Arbeitsräume ist dem Chef selbst bestimmt, ein schlichtes Zimmer, einfach mit Geschäftsmöbeln versehen, die ein mächtiger Kassenschrank in der Ecke ergänzt.

Hier arbeitet wohl zehn Stunden des Tages der alte graubärtige Fabrikherr mit einer wahren Unermüdlichkeit, ein leuchtendes Beispiel für seine Bediensteten, die es an

Emsigkeit nicht fehlen lassen, wenn sie den „Alten" im Hause wissen. Weilt der Chef aber in der Fabrik drinnen im Gebirg, dann freilich eilt die Arbeit in den Komptoirs weniger und wird manches Stündchen mit Marend (Frühstück) und Jause (Vesperbrot) vertrödelt. Herr Ratschiller sitzt am Schreibtisch und liest ein Schriftstück, das wenig erfreulichen Inhaltes zu sein scheint, denn auf der Stirne des Fabrikanten bilden sich große Falten, und zeitweilig seufzt der Chef von Sorgen geplagt auf.

„Eine böse Sache," flüstert er und drückt mit dem Zeigefinger auf den Knopf des elektrischen Läutewerkes. Rasch erscheint ein junger Komtoirist, den der Chef fragt, ob der Fabrikleiter Hundertpfund noch nicht erschienen sei.

„Nein, Herr Chef!"

„Dann sage, es soll mein Sohn hereinkommen!"

„Herr Ratschiller junior ischt nicht im Komptoir!"

„Es ischt gut!"

Flink verschwindet der junge Mann aus der Nähe des ob seiner Strenge gefürchteten Chefs.

Eine tiefe Kümmernis prägt sich im Antlitz des alten Herrn aus, der vor sich hinmurmelt. „Sorgen um Sorgen im Geschäft, und Franz dazu — nicht mehr zu erkennen! So kann es nicht weiter gehen! Weiß der Kuckuck, was in den Burschen gefahren ischt. Werde ihn 'mal streng ins Verhör nehmen müssen."

Ratschiller verstummte, als ein bescheidenes Klopfen hörbar wurde.

„Herein!"

Auf das Geheiß trat der erwartete Fabrikleiter namens

Hundertpfund unter respektvoller Verbeugung ein. Ein schmucker Mann mit pechschwarzem Schnurrbart und Haupthaar, dabei mit Augen, die einen bezaubernden Glanz ausstrahlten, sympathisch durch ein bescheidenes Auftreten, das nur für Augenblicke sich änderte, wenn der fesche Mann sich jäh aufrichtete, wobei etwas Herrisches zu Tage trat, das sich aber sogleich wieder verlor, so Hundertpfund seine gewohnte, etwas gebückte Haltung wieder einnahm. Wie er so bescheiden vor dem Chef stand, und nach dessen Befehlen fragte, mußte er einen sympathischen Eindruck machen, und Ratschiller blickte seinen bewährten Fabrikleiter denn auch mit unverkennbarem Wohlwollen an.

„Entschuldigen Herr Chef gütigst die kleine Verspätung! Es gab im letzten Augenblick noch manches zu besorgen in der Fabrik, auch wollte ich das Resultat eines Versuches abwarten."

„Welchen Versuches?" fragte gespannt der Fabrikherr.

„Ich habe vom benachbarten Eisenwerk etwas Hochofenschlacke kommen lassen, und versucht, daraus einen brauchbaren Portlandcement zu erbrennen.

„Ei der Tausend! Woher haben Sie solche Kenntnisse? Das ischt selbst mir etwas Neues!"

„Ich las davon, daß aus dem Abfallprodukt des Eisen-Verhüttungsprozesses sich Cement erbrennen lassen könne und wollte auf gut Glück den Versuch machen!"

„Und das Resultat?"

„Befriedigt mich zunächst nicht! Es muß irgendwo noch fehlen! — Auf dem Weg heraus ist mir der Oberleitner Bauer begegnet!"

„Ich weiß!" seufzte der Chef.

Überrascht rief Hundertpfund: „Wieso? Haben Herr Chef mich denn gesehen?"

„Das nicht! Aber vor mir liegt ein Brief, im Auftrag des Oberleitner vom Advokaten an mich gerichtet, und auf Grund dieses Schreibens kann ich mir denken, was der Bauer zu Ihnen gesagt haben wird!"

„Ach so!"

„Eine böse Sache! Der Bauer ischt zweifellos von der Konkurrenz aufgehetzt und zum Protest gegen die Straßenbenutzung veranlaßt worden. Seinem uns schwer schädigenden Beispiel werden sich sicherlich die anderen Thalbauern anschließen, es wird die ganze Gemeinde protestieren und da zum großen Teile die Straße Eigentum der Gemeinde ischt, so werden wir ausgesperrt, können nicht mehr Fracht fahren! Das bedeutet für mich den Ruin! Biete ich eine jährliche Pauschalsumme für Straßenbenutzung, so werden mich die Bauern von Jahr zu Jahr steigern, bis die Summe einfach unerschwinglich wird.

„Es bestehen aber Vorschriften über die Benutzung öffentlicher Straßen und ich denke, die Übernahme der Verpflichtung zur Straßenunterhaltung infolge der Mitbenutzung wird die Behörde veranlassen, uns die Straße freizugeben."

„Gewiß! Aber es steckt die Konkurrenz dahinter, und zweifellos will man mich in einen langwierigen, kostspieligen Prozeß verwickeln, während dessen Dauer ich nicht frachten kann. Sie wissen, daß wir große Lieferungen auf Termin haben. Die Störung in der Verfrachtung bedeutet für mich schwere Verluste und schließlich den Bankerott. Ich kann das Ende solchen Prozesses nicht erwarten! Wie soll ich aber meinen Cement herausbringen?"

Gelassen antwortete der Fabrikleiter. „Durch die Luft!"

„Wie? Was?"

„Sehr einfach, Herr Chef! Wir legen eine Luftseilbahn an und bringen unser Produkt durch die Luft zur Bahn — und von dieser die benötigte Kohle wieder auf gleichem Wege zur Fabrik!"

„Alle Wetter! Ein feiner Gedanke! Aber unser sehr koupiertes Terrain?!"

„Dasselbe bietet einer Weltfirma wie Bleichert u. Co. in Leipzig-Gohlis in ihrer anerkannten Spezialität nicht die geringste Schwierigkeit. Mehr wie 600 m Hängebahnlänge werden wir kaum nötig haben, Spannweiten von 200-500 m, ja bis 700 m sind nichts Ungewöhnliches."

„Weiß Gott! Ein genialer Gedanke! Aber alles kann doch nicht in der Luft hängen! Die Seilbahn braucht doch Stützträger, Verankerungen und dergleichen mehr!"

„Gewiß! Es wird sich zunächst um die Grunderwerbung zu den Unterstützungen der Laufbahnen handeln."

„O weh! Da kommen wir wieder zu unsern „lieben" Bauern zurück. Wollen uns diese die Straßenbenutzung verweigern, ebenso sicher geben sie mir auch den nötigen Grund nicht ab!"

„Herr Chef dürfen eben nicht sagen, wozu Sie den Grund haben wollen!"

„Wie soll ich das machen?"

„Vom Bahnhof über die nächsten Wiesen ist der Grund ohnehin Ihr Eigentum. Von Ihrer Grenze weg dürfte in einer Entfernung von annähernd 100 m die erste Unterstützung zu errichten sein. Also muß das betreffende

Wiesenstück angekauft werden. 200 m weiter brauchen wir bloß die Luft und diese zu benutzen wird uns die Behörde sicher erlauben, und die Bauern hat die Luftbahn nichts zu kümmern."

„Ja, und weiter?"

„Dann kommen wir zum Bergrücken, von dem eine Längsparzelle vom Ärar gepachtet, event. gekauft werden müßte. Auf der Höhe auf Staatsgrund erbauen wir die Verankerungsanlage und von diesem wagen wir, ohne Stützen, eine Spannweite von etwa 500 m direkt hinab in die Fabrik, und wir sind fein heraus, die Bauern haben das Nachsehen bezw. Emporsehen. Wir verfrachten unsere Kohle und den Cement über den Köpfen der liebenswürdigen, aufgehetzten Bauern hinweg."

„Wenn sich das ermöglichen ließe, heiliger Gott, die größte Sorge wäre von mir genommen."

„Die Hauptsache ist die Grunderwerbung für die Luft-Seilbahn auf ganz stille, harmlose Weise. Ich möchte vorschlagen, Herr Chef lassen durch einen Mittelsmann die Parzellen kaufen und erwerben selbe dann vom Vermittler. Haben wir diese Flächen, so wird es ein leichtes sein, mit dem Forstärar ein Abkommen zu treffen."

„Gut! Ich werde die Sache überlegen. Aber was wird die Drahtseilbahn durch die Luft auf schier 4000 m Länge kosten?"

„Wenn es sich um den Ruin handelt, darf die Kostenfrage nach meiner Meinung keine Rolle spielen. Bleichert wird gewiß einige Teilzahlungen gewähren, in zwei, längstens drei Jahren ist die Anlage bezahlt und C. Ratschillers Cementfabrik ist gegen alle Anfeindungen durch Anrainer und Konkurrenz gefeit."

„Ja, wenn das wenn nicht wäre!" seufzte der Chef.

„Mit Erlaubnis, Herr Chef, es heißt im Sprichwort: Con si et ma nulle fa!"

„Die Kosten, die Kosten, lieber Hundertpfund! Haben Sie eine Ahnung, was eine solche Anlage kostet?"

„Ich denke, mit 80000 Gulden wird sie gemacht!"

„Allmächtiger! 80000 Gulden!" stöhnte der Fabrikherr.

„Wird nicht viel billiger gemacht werden können. An 50000 Gulden beanspruchen die Lieferungen von Seilen &c. aus den Fabriken von Bleichert. Reell, sicher, allen Anforderungen und Auflagen der Behörden muß die Luftbahn entsprechen, sonst erlangen wir die Erlaubnis zur Anlage und zum Betrieb nicht. Ich sage nochmals: Die Kosten dürfen keine Rolle spielen! Jetzt oder nie, und wenn schon denn schon! Setzen Sie sich mit Bleichert in Verbindung, ich wette, die Korrespondenz wird das von mir prophezeite Resultat erbringen. Aber nun ist tiefstes Schweigen über den Plan unerläßliche Bedingung für ein Gelingen."

„Ja, ja, gewiß!"

„Es darf auch Ihre werte Familie von dem Plan nichts erfahren!"

„Aber, Hundertpfund! Meine Familie steht mir doch am nächsten!"

„Gewiß! Aber ein einziges unvorsichtiges Wort der Damen oder des jungen Herrn, und alles ist verloren! Wenn die Konkurrenz unsern Plan nur zu ahnen beginnt, ist er schon verloren!"

„O, Gott! Sie haben nicht Unrecht! Aber kann ich mich

denn in eine so kostspielige Sache einlassen, über eine solche Riesensumme disponieren, ohne meine Familie zu verständigen?! Ich müßte ja das ganze Vermögen hinein stecken! Stürbe ich vor Vollendung des Planes, meine Familie würde bettelarm sein!"

„Bitte, das ist denn doch eine Übertreibung! In Ihren Jahren und bei solcher Rüstigkeit! Auch brauchen Sie sicher nicht mehr wie ein Drittel der Anlagekosten bar zu zahlen, den Rest in Wechseln auf lange Frist! Doch wie Herr Chef wollen! Ich habe ja nur das Gedeihen und Wachsen der meiner Leitung anvertrauten Fabrik im Auge, und unter diesem Gesichtspunkt, angeregt durch die Proteste der Straßenbauern, habe ich den gewichtigen Vorschlag gemacht!"

„Ja, das verkenne ich nicht! Ich danke Ihnen auch herzlich! Und es soll über den Plan geschwiegen werden! Nur mit dem Bezirkshauptmann und Domänenverwalter will ich Rücksprache pflegen!"

„Ich möchte raten, zuerst durch einen Mittelmann den benötigten Grund für die erste, wichtigste Stütze zu kaufen. Dann erst ist es opportun, mit den Behörden in Unterhandlung zu treten. Immer zuerst mit den Querköpfen verhandeln, diese sind am gefährlichsten, wenn sie eine Absicht merken!"

Nach herzlicher Verabschiedung entfernte sich der umsichtige, im Geschäft weitblickende Fabrikleiter.

Ratschiller sen. blieb in einer Art Betäubung im Sorgenstuhl sitzen. Der Plan erdrückt ihn schier, und dennoch däucht er ihm ein Geschenk des Himmels, eine Erlösung aus einer wahrhaftigen Misere zu sein. Aber 80000 Gulden! Unwillkürlich erhob sich der Chef, öffnete den gepanzerten Geldschrank und begann den Barbestand zu zählen, dessen

Totalsumme ein Hohn auf die Riesensumme des Luftbahnplanes ist. Freilich steckt viel im Grund und Boden, nahezu alles, und eine gewaltige Summe umfassen die Außenstände für gelieferten Cement. Taufende und Abertausende stecken in laufenden Wechseln und rollen im Clearingverkehr der Post. Ein Vermögen hat der Ankauf von Berggründen zum Abbau und zur Mergelgewinnung für die Cementbereitung gekostet. Und jetzt der Riesenplan! Ein Teufelskerl, dieser Hundertpfund!

Der alte Herr vermochte nicht länger in dem kleinen Komptoir zu verbleiben, es ist ihm zu enge geworden, er braucht Luft und Bewegung. Zum maßlosen Erstaunen der Komptoiristen verläßt Ratschiller das Haus noch vor Beendigung der Büreauzeit, und just am Eingang traf er mit seinem Sohne Franz zusammen, der eben notgedrungen seine Arbeitsstube aufsuchen wollte.

„Franz, komm mit! Ich habe mit dir zu reden!" sprach ernst der alte Herr.

Verdutzt gehorchte der Sohn und blickte scheu von der Seite auf den Vater. Auf einen Rüffel war Franz gefaßt, die Aufforderung zu einem Spaziergang während der Büreauzeit wirkt verblüffend auf den jungen Mann. Beide schlugen einen Wiesenpfad ein, der alte Herr voraus, aufmerksam das Gelände betrachtend, über welches nach dem Plan seines Fabrikleiters die Luftseilbahn einmal führen soll. Wie Ratschiller sen. den weiten Raum bis zur Höhe des Bergrückens überblickte, eine wahrhafte Riesenentfernung für den gedachten Zweck, entschlüpft ihm unwillkürlich der Satz. „Es geht decht nicht."

Franz hatte eben an sein Heiratsprojekt gedacht und platzte bei Vaters Worten in der Meinung, daß die Bemerkung seinem Plan selbst gelte, heraus. „Um Gotteswillen, Vater, sag' nicht nein! Ich würde grenzenlos unglücklich werden!"

„Du?" fragte überrascht der alte Herr.

„Ja, gewiß, lieber Vater! Seit Tagen ringe ich mit mir selbst, ich fand den Mut nicht, dir einzugestehen, was mein ganzes Denken und Empfinden ausfüllt!"

Der Alte pfiff durch die Zähne und trocken sagte er dann. „Dein Büreauschwänzen muß allerdings einen gewichtigen Grund haben!"

Kleinlaut bat Franz: „Verzeih' mir, Vater! Es ischt so jäh und stark über mich gekommen, mit einer Macht, die stärker war als ich! Ich konnte nicht anders, und nun ich das beglückende Wort vernommen, bitte ich dich recht inständig um deine Einwilligung!"

„So? Wozu denn? Was soll ich bewilligen?"

„So ahnst du's nicht, was mich bewegt?"

„Nein!"

„Großer Gott! Steh' mir bei!"

„Du wirst doch nicht Schulden gemacht haben?"

„Nein, nein! Lieber Vater, verzeihe mir: Ich habe mich verlobt!"

Der Alte blieb stehen wie versteinert. Auf dieses Geständnis war er nicht vorbereitet.

„Verzeih' mir, Vater!"

„Mit wem hast du dich verlobt?"

„Mit Emmy Ehrenstraßer!"

Ein Lächeln flog über das faltige Gesicht des alten Herrn, verschwand aber schnell, und kühl klang die Erwiderung. „Das Mädchen ischt brav, ein Engel, hat aber nichts!"

„Ich will arbeiten, Vater! Ich stelle meinen Mann und kann mit eigener Arbeit eine Frau ernähren!"

„Es geht nicht! Jetzt schon gar nicht! Von deinem Salär kannst du allein nicht leben, geschweige denn mit Weib und Kind! Mehr zu geben ischt mir unmöglich. Die Zeiten sind zu schlecht, die Ausgaben riesig, wie die Projekte."

„Welche Projekte?"

„Das ischt meine Sache! Ich kann dir kein Kapital ausfolgen, es steckt alles im Geschäft!"

„Vater, guter Vater! Gieb mir nur die Prokuristenstelle und ich werde es dir danken immerdar! Mach' mich nicht unglücklich, Vater!"

„Es geht nicht! Das wird Ehrenstraßer selbst einsehen! Hast du mit Emmys Vater schon gesprochen?"

„Nein! Erst wollte ich deine Einwilligung haben! Am Sonntag möchte ich Herrn Ehrenstraßer bitten!"

„Das kannst du thun! Seines Nein bin ich sicher! Vielleicht kuriert dich das von deinen Schwärmereien. Doch nun wollen wir umkehren! Geh' nach Hause, Franz! Ich will noch zum Kommissionär Pfahler, hab' mit ihm ein Wort zu sprechen!"

Gehorsam entfernte sich Franz und ließ betrübt den Kopf hängen. Im Herzen des Vaters regte sich etwas wie Mitleid, doch rief Ratschiller den Sohn nicht zurück, er murmelte nur. „Soll nur etwas zappeln! Schlecht ischt seine Wahl nicht! Wollen sehen! Es paßt nur nicht in den Riesenplan!"

Gemächlich begab sich der Fabrikherr zum Kommissionär Pfahler, der sein Büreau in der Nähe des Bahnhofes hatte, und traf ihn eben im Begriff, das Geschäft zu schließen. Beim Anblick des Fabrikanten öffnete Pfahler bereitwillig wieder die Thüre und bat Ratschiller einzutreten.

„Bitte, nein! Ich will Sie nicht abhalten, die Knödel würden hart werden!" sagte gelassen Ratschiller.

„O nein, Herr Ratschiller! Bitte sehr! Wir haben übrigens nur ‚Gröstel‘, Sie wissen, das bescheidene Tiroler Nationalgericht aus Fleischresten und Schmorkartoffeln, wie es sich ziemt für einen armen Kommissionär! Aber bitte, womit kann ich dienen? Bitte, nehmen Sie gefälligst Platz! Bitte sehr! Apropos, habe schon gehört, gratuliere!"

„Wozu wollen Sie mir gratulieren?"

„O, bitte sehr! Frau von Bauerntanz, Sie wissen, die hübsche Doktorin, war so freundlich, mir zu erzählen, Ihr Herr Sohn sei mit Fräulein Emmy vom Bezirksrichter verlobt. Also baldige Hochzeit, giebt ein feines Paar, wie geschaffen für einander. Gratuliere bestens! Kann ich irgendwie dienen, ich stehe zu Diensten!"

Ratschiller sen. fühlte eine scharfe Zurechtweisung auf der Zunge sitzen, doch drückte er das Wort zurück, und blitzschnell überlegte er, daß ein Dementi der Verlobung durch den schwatzhaften Kommissionär ein heilloses Durcheinander im Städtchen hervorrufen könnte. Und noch ein Gedanke fuhr dem Fabrikherrn durch den Kopf. „Hören Sie, Pfahler! Ich danke Ihnen für Ihren gutgemeinten Glückwunsch! Aber man iscth noch nicht so weit! Das Paar hat ja noch gar kein Nest! Sie wissen, ich bin in meinem Hause arg beschränkt, könnte Zuwachs absolut nicht brauchen! Die Komptoirs sollen eine Vergrößerung erfahren."

„Ja, ja, die Fabrik wächst, sie wird noch die Perlmooser überflügeln!"

„Reden Sie keinen Unsinn, Pfahler! Immer hübsch solid bei

der Stange bleiben! Aber man wird daran denken müssen, dem Paare, wenn es zur Heirat kommt, ein Häuschen, so eine kleine Villa zu bauen. Dazu habe ich aber keinen geeigneten Grund. Wissen Sie einen feilen Baugrund?"

In rasender Eile zählte Pfahler die Namen käuflicher Grundstücke auf.

„Das ischt nichts für mich. Es soll eher etwas sein, das an meine Liegenschaften stößt und anrondiert werden kann. Mein Sohn soll nicht zu weit ins Komptoir haben."

„Darf es Wiesengrund sein? Freilich arg sonnig dann, bis die Pflanzbäume einmal Schatten geben!"

„Nu, man kann ja größere Bäume kaufen!"

„Hm! Wie wäre es am Anger, der stößt an Ihre Gründe an, die Entfernung zum Büreau ischt minimal und viel dürfte der Angerer kaum verlangen. Soviel ich weiß, schwebt eine Klage gegen ihn in einer Schuldsache; er wird froh sein, Bargeld zu bekommen."

„Nein, nein! Ich möchte dem Mann nichts abdrücken!"

„Wie weit dürfte ich gehen in der Vermittelung?"

„Ich weiß nicht, ob ich dieser Sache näher treten soll!"

„Wieviel Decimalen brauchen Sie?"

„Unter etlichen Tagwerken wird es nicht gehen! Wer weiß, ob der Mann so viel Grund abgiebt!"

„Aber ich bitte, Herr Ratschiller! Es ischt ja schlechter Wiesengrund, der Angerer wird froh sein, wenn er ihn zu halbwegs anständigem Preise losbringen kann."

„Nun gut, ich nehme, so viel Grund er abgiebt. Den Preis soll er nennen. Aber wie gesagt, es muß nicht sein, denn aufgeboten ischt das Paar noch nicht. Ich weiß also nicht, ob es zum Villenbau kommt. Übrigens ein Prozent Provision und ein Trinkgeld, Sie wissen ja, wie immer!"

„Danke bestens, werde den Auftrag prompt besorgen. Der Grund gehört schon Ihnen! 'pfehl mich bestens, habe die Ehre, wünsche wohl zu speisen, gehorsamster Diener!"

Leicht grüßend verließ der Fabrikherr den Kommissionär, um sich nach Hause zu begeben.

IV.

Bezirksrichter Ehrenstraßer hielt in seiner Kanzlei den der Zeugin abgenommenen Vorladungszettel in der Hand, warf einen Blick in den offen ausgelegten Akt, bedeutete dem Aktuar, das Protokoll zu führen, und fragte. „Sie sind also die vorgeladene Zeugin Walburga Deng, Witib des vulgo Lusner?"

Die Zeugin nickte.

„Sie haben laut und vernehmlich zu antworten!"

„Ja, gnä' Herr!"

„Es genügt ja oder nein, alles übrige ischt überflüssig!"

„Ja!"

„Was können Sie zum Falle Kirchhammer vorbringen?"

„Ich möcht' decht sagen, es ischt schon so, wie es die Aignerin behauptet. Der Kirchhammer Bauer ischt wohl nicht recht richtig im Schädel, aber stark in der Lieb' zu der Aignerin war er decht."

„Der Bauer bestreitet das!"

„Soll er nur, sell ischt recht kammod, wo er zahlen soll für sein Kind! Wird eahm nicht viel nutzen, dem Saggra!"

„Was haben Sie wahrgenommen über den Verkehr des Bauers mit der Söldnerin Aigner?"

„Wird nicht langen, ischt er dreimal im Tag zu ihr kommen charmieren, der Loder!"

„Haben Sie derlei Besuchgänge selber beobachtet?"

„Freilich und wie!"

„Sie wohnen also in nächster Nähe und haben den Bauer öfters kommen und gehen sehen?"

„Ja, gewiß auch noch!"

„Wie weit ischt Ihr Wohnort vom Kirchhammerhof entfernt?"

„Ja, so genau kann ich sell nicht sagen. Aber gesehen hab' ich woltern alleweil viel!"

„Was zum Beispiel?"

„Grad aufs bussen war er aus, der Saggra!"

„Haben Sie das in der Wohnung der Aignerin oder von der Entfernung aus beobachtet?"

„Wie Sie wollen, Herr Stadt- und Landrichter!"

„Ich mache Sie darauf aufmerksam, daß Sie als Zeugin nichts als die reine Wahrheit zu sagen haben. Ich mache Sie auf die Heiligkeit des Eides und die Bestrafung des Meineides aufmerksam. Alles, was Sie jetzt hier aussagen, haben Sie zum Schlusse zu beschwören!"

„Ein Jurament, ganz recht! Den schwersten Eid kann ich schwören, wann Sie nur wollen!"

„Wie lange ischt es her, daß Sie Ihre Beobachtung und Wahrnehmung gemacht haben wollen?"

„Wird etwa in der Zeit gewesen sein, wie der Loder verliebt war. Später hat die Lieb' woltern nachlassen."

„Die Aignerin ischt nebst ihrer Mutter wegen Betrug, Kindsunterschiebung, angeklagt. Wann haben Sie mit der noch auf freiem Fuß befindlichen Angeklagten das letzte Mal verkehrt?"

„Herr, sell weiß ich nimmer!"

„Ischt es so lange schon her?"

„Ah, beleib!"

„Also gestern?"

„Etliche drei Tag' kann's schon gewesen sein."

„Was hat die Aignerin zu Ihnen gesagt?"

„Unschuldig will sie sein und ich glaub's! Ich hab' ja mit eigenen Augen gesehen, wie der Bauer sie drangsaliert hat mit seiner Lieb'!"

„Also mit eigenen Augen haben Sie das gesehen? Sie scheinen gute Augen zu haben und recht weit zu sehen. Ihr Witibgütl ischt von der Sölderhütte der Aignerin eine gute Viertelstunde entfernt. So weit ischt ein Verkehr in der angedeuteten Art kaum mit freiem Auge zu beobachten. Haben Sie in der Aignerhütte selbst gelegentlich eines Besuches den Bauer angetroffen?"

„Nein, nie!"

„Wie weit ischt Ihre Wohnung von der Aignerhütte entfernt?"

„Wird decht bei grobem Wetter 1½ Stund' sein!"

Ein scharfer, durchdringender Blick musterte die Zeugin. Der Richter hat bereits Verdacht geschöpft, doch will er gründlich und gewissenhaft vorgehen. Gelassen fragt er weiter: „Wie lange sind Sie schon Witwe?"

„Ich? Ja mein', sell kann ich nimmer raiten!"

„Wie hat Ihr Mann mit seinem Hausnamen geheißen?"

„Wie ich selm!"

„Hm! Wo wohnen Sie gewöhnlich?"

„In —" Die Zeugin schwieg plötzlich.

„Das genügt!" Nun wandte sich der Richter zum Protokollführer und fragte ihn, wie weit er mit dem Nachschreiben gekommen sei.

„Nur noch wenige Minuten, Herr Bezirksrichter!" antwortete der Gefragte.

„Schön! Sie, Zeugin! Gelt, schlechte Zeiten haben wir halt allweil?"

„Freilich, Herr! Heutzutag' muß man um jeden Kreuzer froh sein und für jede Gelegenheit, wo's was zu verdienen giebt!"

„Freilich, freilich! Na, fünf Gulden war die Sach' schon wert?"

Die Zeugin horchte auf und sprach hastig: „So, meint Ihr? Ischt mir schon recht, wenn ich noch amol einen Fünfer krieg'!"

Der Schreiber überreichte das Protokoll, das Ehrenstraßer schnell ablas, und zwar absichtlich und ausnahmsweise schnell, denn es gilt in der nächsten Minute den Beweis für seinen Verdacht zu fassen. Sonst wird freilich dem Verhörten oder zu vernehmenden Zeugen das Protokoll langsam und laut vorgelesen.

Ehrenstraßer legte das Protokoll auf die Seite des Tisches, wo die Zeugin stand, gab ihr die mit Tinte gefüllte Feder und sagte. „So, Weibets! Jetzt schreibst da unten deinen Namen hin, groß und recht deutlich!"

Der Richter, wie der ahnungsvolle Protokollführer achteten genau auf diese Unterschrift.

Langsam kritzelte die Zeugin: „Kathi Hinterstoißer."

„So, Weibets! Das hätten wir! Vorgeladen ischt die Waldburga Deng, Witib des vulgo Lusner, und du bischt die Taglöhnerin Kathi Hinterstoißer von Bergheim!"

„Jeß marandjosef! Hat Er mich wirklich dertappt!"

„Freilich! Wirst wohl herin bleiben jetzt im Bezirksgericht! Aber derweil erzählst uns, wie es die Aignerin gemacht hat mit dem Vorladungszettel, gel!"

„Ich hab' eh (ohnehin) nicht recht wollen; ich hab' gleich g'sagt, der Richter kommt darauf!"

„Also verzähl' nur."

„Ja, gewest ischt 's a so: Den Zettel mit der Vorladung hat decht wohl die Lusnerwitib 'kriegt und selle weiß so viel wie gar nixen. Die Aignerin war bei ihr und hat ihr zug'redet, sie soll sagen, wie's der Bauer 'trieben hat. Die Lusnerwitib hat aber nicht wollen. Aftn (hernach) hat ihr die Aignerin den Ladzettel ab'bettelt und ich hab' ihn aftn 'kriegt und einen Fünfer dazu. Und so bin ich halt herkommen für die Lusnerin."

„Das ischt auch ganz schön von dir! Hab' mir's auch gleich gedacht, daß die Zeugin nicht ganz echt ischt."

Nach diesen Worten schellte Ehrenstraßer dem Amtsdiener, der die „Zeugin" zunächst ins Loch brachte, wo sie der Verurteilung wegen Irreführung harren kann. Und in derselben Stunde wurde der Verhaftbefehl gegen die Söldnerin Aigner der Gendarmerie zugestellt.

Kurz darauf meldete der Amtsdiener eine Bauersfrau, die inständig um eine Unterredung bitte, und sogleich vorgelassen sein möchte.

„Na, lassen Sie die Frau herein!" befahl der Bezirksrichter.

Knicksend erschien eine bejahrte Bäuerin in ersichtlicher Verlegenheit, blickte sich scheu um und trippelte dann zum Tisch des Richters, wo sie nochmals knickste und dann anhub:

„Herr kaiserlicher Okta!"

Ehrenstraßer horchte auf.

„Ich thät schön bitten, Herr Okta!"

Jetzt verstand der Richter das seltsame Wort und erwiderte:

„Liebe Frau, Sie sind am unrechten Ort! Ich bin der Bezirksrichter, nicht der Notar!"[3]

„Ich bitt', das ischt gleich! Helfen kann mir nur der Herr da!"

„So, dann verzähl' nur, Bäuerin!"

„Ja, ich thät halt schön bitten, wenn der Herr kaiserliche Okta meinem Bauern gebieten thät, er soll nicht gar so stürmisch sein, weil mich das für die Zeit ruinieren muß. Die schwere Feldarbeit vertragt sich nicht damit!"

Dem Richter dämmerte eine Ahnung auf und zugleich empfand er einen Lachreiz, dessen er nur mühsam Herr wurde. Will er doch die naive Bäuerin, die voll Vertrauen zu ihm gekommen, nicht durch einen Heiterkeitsausbruch verletzen, so sehr auch der Appell an den Richter um Eindämmung der Liebesgefühle eines bäuerlichen Ehemannes zum Lachen reizt. Ehrenstraßer würgte denn hervor. „Es ischt recht, Bäuerin! Geh' nur wieder heim und sag' dem Bauer, er soll nicht so stürmisch sein, das paßt sich nicht für sein Alter!"

„Sell möcht' ich ihm lieber schriftlich bringen oder noch besser, das Gericht schickt ihm einen Beselch (Befehl), aftn (hernach) glaubt er's besser und folgt auch 'm Gericht!"

Jetzt konnte Ehrenstraßer das Lachen nimmer verbeißen und bedeutete durch eine Handbewegung der Bäuerin, daß sie sich aus der Kanzlei entfernen solle.

Gehorsam trippelte das Weiblein hinaus, nahm aber im Zeugenzimmer Platz und wartete dort.

Der scherzhaften, naiven Scene folgte wie im Aprilwetter sogleich der Ernst, indem sich einer der Gendarmen zum Rapport meldete.

Der Richter fragte den in voller Wehr militärisch angetretenen Gendarm Sittl: „Was bringen Sie?"

„Ich bitte gehorsamst um nochmalige Beschreibung des Instrumentes, mit welchem die Truhe beim Amareller erbrochen worden sein dürfte."

Wie froh ist der Richter jetzt, die damalige Untersuchung so genau genommen und scharf zu Protokoll gegeben zu haben, denn nun kann er dem Sicherheitsorgan die Beschreibung jenes Instrumentes auf das Genaueste vorlesen. Ehrenstraßer that dies und knüpfte daran die Frage, ob Sittl ein derartiges oder ähnliches Instrument vorgefunden habe.

„Zu Befehl, ja, Herr Bezirksrichter!"

„Bei wem?"

„Im Hause des Bauern Weirather, des Nachbars vom Amareller!"

Überrascht rief der Richter. „Nicht möglich! Weirather ischt mir selbst als völlig unbescholtener, allgemein geachteter Mann, in guten Verhältnissen lebend, bekannt. Ein Diebstahl ischt ihm absolut nicht zuzutrauen."

„Ich weiß auch davon, Herr Bezirksrichter!"

„Wie kamen Sie in sein Haus?"

„Ich wollte kontrollieren, es soll ein Landstreicher bei Weirather übernachtet haben. Bei dieser Gelegenheit bemerkte ich einige auf dem Wandklapptisch liegende Werkzeuge und darunter einen großen Schraubenzieher. Ich dachte, dieses Instrument könnte ähnlich demjenigen sein, mit welchem die Truhe erbrochen worden ischt."

Ehrenstraßer ward nachdenklich; die Situation erfordert Vorsicht und Klugheit, ein Mißgriff muß vermieden werden. Nach einer Weile fragte der Richter. „Haben Sie sich in den Besitz des Schraubenziehers setzen können?"

„Nein! Ich wollte zuerst bei Ihnen anfragen."

„Gut! Suchen Sie das Instrument zu bekommen, aber es muß ohne das geringste Aufsehen geschehen. Der Mann darf keine Ahnung von der Absicht und dem Zweck haben. Sie dürfen mit keinem Blick sich verraten. Vielleicht können Sie bei einem nächsten Patrouillengang eintreten und den Schraubenzieher in Abwesenheit des Besitzers ungesehen einstecken."

„Das wird wohl nicht möglich sein, denn Weirather lebt ohne Dienstboten und ischt immer zu Hause."

„Wie ischt mir denn? Der Mann soll sehr geizig sein? Hm! Machen Sie die Sache auf folgende Art. Sie sprechen vor bei Weirather, bitten ihn um irgend ein Stück Werkzeug, um eine Schraube an Ihrem Dienstgewehr fester anzuziehen. Vielleicht gelingt es Ihnen, das Instrument unbemerkt einzustecken. Dann kommen Sie damit sofort wieder zu mir in die Kanzlei. Achten Sie auch darauf, ob der Weirather etwa Plattfüße hat!"

„Zu Befehl!" Der Gendarm blieb noch stehen.

„Haben Sie noch eine Bemerkung vorzubringen?"

„Ja! Ich weiß aber nicht, ob es zur Sache gehört. In nächster Nähe des Weirathgutes fand ich zusammengeknüllt einen Zettel, aus welchem ich nicht klug werden kann.

„Geben Sie her!"

Sittl überreichte einen schmierigen, zerknitterten Zettel, den Ehrenstraßer sorgsam glättete und dann betrachtete. Der Zettel war in folgender Weise bekritzelt:

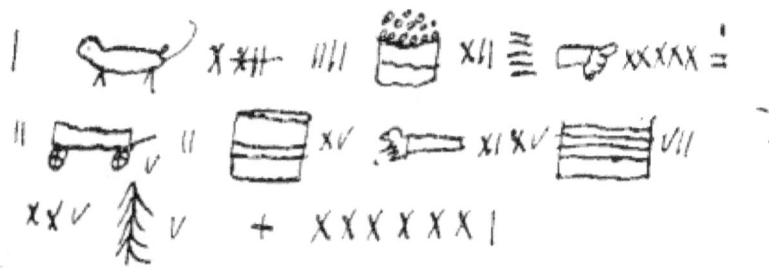

Im ersten Augenblick dachte der Richter an eine Geheimschrift, die vielleicht ein Verbrecher verloren habe. Das Ding sieht sich höchst rätselhaft an und ist jedenfalls einer Beachtung wert. „Haben Sie Wahrnehmungen über Durchzug von Landstreichern gemacht?"

„Ich habe nur von einem Vaganten gehört und bin demselben nachgegangen. Er dürfte unseren Bezirk aber bereits wieder verlassen haben."

„Hm! Gehen Sie mit dem Zettel zu Weirather und fragen Sie den Mann, ob vielleicht er ihn verloren oder weggeworfen hat. Wenn dem so sein sollte, so suchen Sie die Erklärung der Zeichen zu erhalten. Man kann nicht wissen, was hinter der Sache steckt."

Der Gendarm nahm den geheimnisvollen Zettel wieder zu

sich und verließ mit stramm militärischem Gruß das Amtslokal.

V.

Franz Ratschiller kam aus den Überraschungen nicht mehr heraus; einmal erfuhr er, daß Papa für ihn um Emmys Hand bei Ehrenstraßer angehalten und dessen Zusage bekommen habe; Kommissionär Pfahler trug ihm die Neuigkeit vom Ankauf des Angerergrundes für einen Villenbau zu, auf welchem das „Nest" für das junge Paar gebaut werden solle. Franzen wirbelte der Kopf und auch die Füße kamen ins Wirbeln, denn Franz lief zu Ehrenstraßer, um sich vom Schwiegerpapa in spe und im besondern von Emmy die beglückende Kunde betätigen zu lassen.

Eine dritte Überraschung enthielt die Mitteilung des alten Ratschiller, daß morgen das Verlobungsdiner stattfinden solle, zu welchem Bezirksrichters, Doktors u. s. w. geladen seien.

Papa Ratschiller forderte von Franz keinerlei Büreauarbeit, ja er entband den Sohn ausdrücklich von allen dienstlichen Verpflichtungen unter der Beifügung, daß ein verliebter Verlobter nur Unheil im Geschäft anrichten könnte. Es solle Franz daher nur nach Herzenslust schwärmen und von der Braut träumen. Das ließ sich der junge Mann natürlich nicht zweimal sagen und enteilte in höchster Glückseligkeit.

In seinem Komptoir zog der Fabrikherr freilich das Gesicht in Falten, er sah nichts weniger denn heiter und sorgenlos aus, als er im Katasterauszug immer wieder zu rechnen begann. Ratschiller sen. war in einer Nacht jäh erwacht aus schwerem Traum, in welchem ihn ein entsetzlicher Gedanke gepeinigt hatte, der Gedanke, daß Mergelmangel in den angekauften Grundstücken und Berghalden eingetreten, die Cementfabrik ohne Steine sei und daher den Betrieb einstellen müsse. Der blanke Ruin und Bankerott. In jener Nacht saß der Fabrikherr wie erstarrt in seinem Bett und vermochte sich nicht klar darüber zu werden, was nun Traum oder Wahrheit sei. Mitten in der Nacht in das Komptoir zu gehen und im Katasterauszug nachzurechnen, ist nicht möglich, würde die Gattin auch zu sehr erschrecken. So verbrachte der alte Herr in einem schrecklichen Zustande der Angst den Rest der Nacht im Bett und quälte sich mit Konkursgedanken. Am frühen Morgen, unter Verzicht auf das übliche Frühstück, begab sich Ratschiller ins Komptoir und holte die Schriftstücke und Pläne aus der Kasse, um den Besitz an Grund und Boden, die Zahlen betreffs der Steinbrüche einer gründlichen Prüfung zu unterziehen. Die erstmals vorgenommene Addition ergab ein völlig befriedigendes Resultat, und der Fabrikant atmete erleichtert auf. Dann aber nagte der schreckliche Zweifel wieder im Kopf, die Besitzzahlen wurden erneut zusammengezählt und merkwürdigerweise kam nun heraus, daß die Fabrik in absehbarer Zeit Mangel an Gestein zum Verarbeiten haben müsse. Das wiederholte sich des Öfteren mit pro und contra und schließlich wußte Ratschiller, der sonst so ruhig und klar denkende Mann selbst nicht mehr, wie es um seinen Grundbesitz steht. Wen soll er darüber befragen? Der Fabrikleiter bleibt, weil nicht informiert, außer Betracht. Auskunft über die Katasterzahlen könnte der Evidenzhaltungsgeometer geben, aber kein Fabrikherr wird solchen Zweifel einem Unbeteiligten mitteilen, denn ein Gerede wäre nicht zu vermeiden, und hört die Konkurrenz davon auch nur ein einziges Wörtchen, so sind die geschäftlichen Folgen gar nicht übersehbar und von einschneidender Wirkung.

Ratschiller versuchte es, den Grundbesitz graphisch darzustellen, Berg um Berg, die zur Ausbeutung angekauft sind, zeichnete er auf einen Bogen Papier und strich davon durch, was im Abbau sich befindet. Es verbleibt ein stattlicher Rest an Grundbesitz, der auf Jahrzehnte hinaus zum Abbau reichen wird. Und da kam der gräßliche Zweifel wieder in der Frage: „Wie aber, wenn die angekauften Berge nicht das nötige Gestein enthalten? Wie, wenn die chemische Analyse ergeben würde, daß nur der minderwertige Romancement erzeugt werden könnte?" In gigantischen Ziffern sah der Fabrikherr den Ruin vor dem geistigen Auge. Und solche Gedanken quälen ihn jetzt, da er im Begriffe steht, die große Luftseilbahn in Scene zu setzen. Das nötige Grundstück ist erworben, die Behörden haben die Konzession zur Anlage erteilt, welcher nach den Probefahrten die Erlaubnis zur Betriebseröffnung folgen wird. Mit Bleichert & Co. ist alles vereinbart, die Drahtmenge &c. unterwegs, der Ingenieur zur Seilbahnerbauung muß jeden Tag eintreffen, die Pläne sind fertig ausgearbeitet.

Ratschiller ist's, als will ihm der Kopf zerspringen. Wie und wo den Ausweg finden, wie den geradezu lähmenden Zweifel losbringen?

Am Telephon lärmte die Klingel. Ratschiller trat an den Apparat, der das „Allerheiligste" mit dem Büreau der Fabrikleitung verbindet, und fragte nach dem Begehr Hundertpfunds.

Wie Musik klingt es Ratschiller aus dem Hörrohr in sein Ohr. „Herr Chef! Soeben im Eibberg erstmalig mit Janit gesprengt, ein kolossales Mergellager liegt offen von einer ganz unerwarteten Mächtigkeit. Gratuliere!"

„Danke!" vermochte der Chef noch zu stammeln; das Hörrohr auf den Haken zu hängen war er nicht mehr fähig. Vor den Augen ward es schwarz, Hände und Knie zitterten, der alte Mann war einer Ohnmacht nahe. Er schleppte sich zu seinem Stuhl, ließ sich hineinfallen und weinte.

Thränen wirken immer lindernd. Nach einem Halbstündchen war Ratschiller wohl, die alte Elasticität kehrte wieder, froh und heiter packte er die Schriften und Pläne in den Schrank und begab sich in die Privatwohnung hinauf.

Am Telephon knatterte es, doch konnte wegen Ausschaltung des Hörrohres die Klingel nicht funktionieren, der Fabrikleiter also keine weitere Meldung erstatten. Das Knattern ward in den übrigen Zimmern nicht gehört.

Tags darauf fanden sich die Geladenen zum Verlobungsdiner ein im glänzend geschmückten Speisesaale der Familie Ratschiller. Die Wohlhabenheit des Fabrikherrn kündete das feine Mobiliar wie der reiche Tafelschmuck in Silber und Gold. Alles war festlich gekleidet und in bester Laune. Die Verlobten strahlten vor Glückseligkeit, die Väter drückten sich die Hände, Frau Ehrenstraßer überschüttete die Gesellschaft mit einem welschen Wortschwall, und sagte es jedem, der ihr in den Weg kam, daß sie die glücklichste Frau von ganz Tirol sei. Franzens Schwestern beglückwünschten Emmy unaufhörlich und mengten Toilettefragen dazwischen, Frau Ratschiller als Hausdame kümmerte sich mehr um regelrechtes Servieren und kommandierte das Dienstbotenpersonal in vornehm-ruhiger Art. Wichtig hatten es Herr und Frau Doktor von Bauerntanz, indem der dicke Gemahl dem Bräutigam, der nur mit halbem Ohr zuhörte, die wichtige Lebensregel auseinandersetzte, daß man vor lauter Liebe niemals auf einen ordentlichen Tarok vergessen dürfe. Frau von Bauerntanz brillierte in ihrer blonden Schönheit und in einem Seidenkleid, das früher ihr Hochzeitskleid gewesen, und kokettierte kräftig mit Herrn Hundertpfund, welcher mit größter Bereitwilligkeit auf die Augensprache einging, und der schmucken, üppigen Frau den Hof machte. Der Fabrikleiter war aber auch ein begehrenswerter, bezaubernder Mann, der es verstand, mit Damen umzugehen, sich unwiderstehlich zu zeigen. Wie glänzen doch seine schwarzen Augen, wie sympathisch ist seine Haltung, anziehend, lockend, so ganz anders als die Provinzlergestalten in der Herrenwelt des Städtchens, nicht schwerfällig, sondern schlank und elegant, ausdrucksvoll jeder Blick, jede Miene und Geste, schmale Hände in modernen, feinen Handschuhen, sonor und weich und wohlklingend die Stimme, verheißungsvoll. Frau von Bauerntanz wollte nach ihrer ursprünglichen Absicht mit diesem Idealmanne nur kokettieren, den Kitzel eines Spieles auf sich wirken lassen, den feschen Mann in sich verliebt machen, um ihn selbstverständlich dann in der Kniestellung auszulachen, denn sie fühlt sich als hochanständige Frau.

Man nahm Platz an der herrlichen Tafel. Braut und Bräutigam zärtlich nebeneinander, dann immer ein Herr zwischen den Damen. Den Bezirksarzt traf das Los, die Richterin zur Nachbarin zu bekommen, und er fügte sich würdevoll ins Unvermeidliche, wobei er gleichzeitig die dürftigen Sprachkenntnisse des Südens hervorkramte. Seine Gattin kam neben Hundertpfund zu sitzen und hatte schon vor dem Champagner ein leuchtend Rot in den feingeschnittenen Öhrchen.

Die Festrede hielt Papa Ratschiller in kerniger, kurzer Weise, zu deren Schluß der Sekt in den Gläsern schäumte und allseitig das übliche Hoch auf das Brautpaar erklang. Nun sind die Schleusen der Beredsamkeit geöffnet, der reichlich, schier verschwendcrisch gegebene Champagner that ein Übriges, die Etikette lockerte sich zur zwanglosen Unterhaltung und zu freieren Sitten.

Übermütig lustig ward Frau von Bauerntanz, die in gierigen Zügen diese so seltenen Lebensfreuden genoß, und es willig duldete, daß ihr Tischnachbar ein Rendezvous forderte.

Kichernd nickte sie Hundertpfund zu und animierte ihn zum weiteren Erzählen von Pikanterien aus der Großstadt. Als das Diner zu Ende ging, war die Doktorin es, die den bezaubernden Nachbar animierte, den Verkehr im Hause durch eine Staatsvisite aufzunehmen, und Hundertpfund warf ihr einen seiner feurigen Blicke zu, der die hübsche Frau erglühen machte bis zu den Haarwurzeln hinauf. Im lustigen, weinfrohen Getriebe blieb das Spiel der beiden völlig unbeachtet, die andern waren mit sich selbst und den Flaschen beschäftigt.

Spät endete das Fest, und auch das Abschiednehmen und Bedanken fand einen Schluß. Plaudernd entfernten sich die Gäste. Franz begleitete Emmy nach Hause. Ratschiller sen. fühlte sich nicht recht wohl, er fand Luft und Cigarrendampf erstickend, und begab sich zur Ruhe, nachdem er der Gattin jegliche Sorge ausgeredet hatte.

Ruhe! Ja, wenn die Träume nicht wären. Wieder diese entsetzlichen Traumbilder vom Steinmangel und Konkurs. Ratschiller verbrachte diese Nacht so schlecht wie die früheren.

VI.

Noch nie befand sich der Richter in ähnlicher, fieberhafter Erregung als eben jetzt, da der Gendarm Sittl seinen Rapport erstattet, und den Schraubenzieher auf den Amtstisch gelegt hat. Sittl sagte präcis aus, daß der verdächtige Weirather thatsächlich Plattfüße, den rätselhaften Zettel als sein Eigentum bezeichnet habe.

„Was ischt 's mit dem Zettel?" fragte hastig der Richter.

„Weirather wollte ihn zurückhaben und wurde ordentlich grob, als ich die Ausfolgerung verweigerte. Eine Erklärung aber gab er über den Inhalt des Zettels nicht. Im Streit gelang es mir aber, den Schraubenzieher zu erwischen und einzustecken."

„Nun, denn an's Werk!" rief Ehrenstraßer, nahm den Akt vom Pult, las die Maße über das Instrument heraus und begann am Schraubenzieher zu messen. Bleich vor Erregung konstatierte der Richter, daß die Maße haarscharf auf den Millimeter stimmten. Genauer ist niemals eine Untersuchung und Protokollführung vorgenommen worden, und nun lohnt sich solche Genauigkeit in überraschender Weise geradezu wunderbar. Aber es reicht alles nicht aus, den Weirather zu verhaften. „Wir müssen noch wissen, ob der Verdächtige den Schraubenzieher bereits vor dem Einbruche im Besitze gehabt oder erst hintendrein erworben hat. Recherchieren Sie sofort bei hiesigen Kaufleuten oder auch bei dem Werkzeughändler am Marktplatze unter Vorzeigung des Instrumentes, das Sie aber nicht aus der Hand geben dürfen. — Kommen Sie aber möglichst rasch zurück!"

Eine andere Arbeit zu beginnen, war dem Richter in solcher

Erregung schlechterdings nicht möglich. Immer wieder las er den Akt Amareller durch und eine gewiße Befriedigung erfüllte sein Herz. Wird es doch nur seiner Gründlichkeit zu danken sein, daß Licht in die dunkle Sache gebracht und ein Verbrecher dem Richter zugebracht werden kann.

Perathoner, der dicke Amtsdiener, meldete einen Herrn, der in dringlicher Angelegenheit den Herrn Bezirksrichter zu sprechen wünsche.

„Ich habe keine Zeit!"

„Der Herr ischt gut gekleidet, und macht seine Sache sehr pressant!"

„Gut denn, lassen Sie ihn vor! Gott, diese ewigen Störungen!" Wenige Minuten später dienerte ein Herr in die Kanzlei, bei dessen Anblick Ehrenstraßer sich des Gedankens nicht erwehren konnte, daß er es mit frecher Zudringlichkeit irgend eines Agenten zu thun habe.

Doch die Anrede des Fremden verscheuchte solche Vermutung, denn der Besucher begann zu erklären, daß er gekommen sei, vom löblichen Gericht eine Auskunft über einen gewissen Weirather zu erbitten.

„Weirather? Jenen Geizhals? Ich muß Ihnen bemerken, daß das k. k. Bezirksgericht kein Auskunftsbüreau ischt. Wer sind Sie und was wollen Sie?"

„Ich erlaube mir, mich vorzustellen: Christian Egger aus Innsbruck!"

„Und was wollen Sie?"

„Ich hätte gern eine Auskunft über einen gewissen Weirather, Kaufmann, allhier."

„Kaufmann?" fragte Ehrenstraßer gedehnt. „Kenne keinen

Weirather hier, und wie schon gesagt, das Bezirksgericht ischt kein Auskunftsbüreau."

„Entschuldigen Herr Bezirksrichter! Aber vielleicht haben Sie doch die Güte, mir zu sagen, wie es geschäftlich um Herrn Ratschiller steht!"

„Herr, sind Sie des Teufels? Was kümmert das mich!"

„Verzeihung! Ich dachte nur, ein Richter kennt alle Leute im Orte. Bedauere, wenn ich mich geirrt habe. Vielleicht haben aber Herr Bezirksrichter selbst Bedarf, unsere Gesellschaft versichert zu äußerst coulanten Bedingungen ..."

„Dacht' ich's doch! Herr, scheeren Sie sich gefälligst sofort hinaus!"

„Ich bitte sehr, bitte gleich! Solche Bedingungen gewährt Ihnen keine andere Gesellschaft! Wir sind unerreicht in Koulanz, namentlich Beamten in Staatsstellungen gegenüber! Prämien können sogar in Monatsraten bezahlt werden!"

„Hinaus! Das fehlte gerade noch, daß ich mir die kostbare Arbeitszeit von einem Assekuranzagenten wegnehmen lasse. Hinaus, oder ich lasse Sie durch den Amtsdiener wegführen!"

„Bedauere sehr! 'pfehl mich, habe die Ehre! Vielleicht überlegen Sie sich die Sache! Ich bleibe einige Tage hier, wohne im ‚Ochsen'. Bitte sehr, Christian Egger ischt mein Name. Habe die Ehre, mich ganz gehorsamst zu empfehlen! Ergebenster Diener!"

Mit drohend erhobenem Arm wies Ehrenstraßer zur Thüre, durch welche der Agent verschwand.

„Eine solche Frechheit ischt mir doch noch nicht vorgekommen!" sprach ingrimmig der Richter vor sich hin, und machte zur Beruhigung seiner Nerven einige Gänge durch das kahle Zimmer.

Mittlerweile kam Sittl zurück mit dem Bescheid des Werkzeughändlers, daß der Schraubenzieher von Weirather schon vor etwa zwei Jahren gekauft worden sei. Der Händler erinnerte sich deshalb an diesen Kauf so genau, weil der Weirather ganz besonders arg feilschte und den Preis drücken wollte.

Nur um den Geizhals los zu werden, habe der Händler das Instrument schließlich zum Selbstkostenpreis abgegeben.

„So, dann wollen wir den sauberen Vogel einfangen!" sagte Ehrenstraßer, zog die Uhr, und ordnete nun an, daß der Gendarm Sittl sogleich in voller Armatur hinaus zu Weirather gehen, und den Bauer verhaften solle, und zwar in der Weise, daß vom Angeschuldigten nichts, aber auch nicht das Geringste beseitigt werden könne. Ehrenstraßer will selbst nachkommen, und Hausdurchsuchung vornehmen, während welcher Weirather dem Untersuchungsgefängnis eingeliefert werden solle.

So geschah es. Der Richter folgte in Civil mit seinem Aktuar dem vorausgegangenen Gendarm, und erreichte das Gehöft in dem Augenblick, da der zeternde Bauer die Fesseln um die Hände erhielt. Der gellende Protest gegen „Gewalt und Hausfriedensbruch" blieb völlig unbeachtet, Weirather mußte mit.

Ehrenstraßer aber begann ruhig und sicher seines Amtes zu walten. Sein Suchen galt hauptsächlich den Schuhen des Verhafteten, die er endlich in der Küche unter dem Herd entdeckte. Und richtig fand der Richter zu seiner großen Freude ein Paar Bundschuhe, die das Fußeisen sowie die Reihenfolge der Nägel verkehrt, also das Eisen an der Fußspitze, und demgemäß die Nägel in der Richtung zur

Ferse eingeschlagen enthalten. Dadurch ist das Rätsel der seltsamen Fußspur im Moosboden erklärt. Es gilt nur noch die Schuhe mit den im Akt befindlichen Spurweiten zu vergleichen. Selbstverständlich nahm der Richter auch noch sämtliche Papiere Weirathers zur Prüfung mit. Der Aktuar trug die Schuhe.

Noch am selben Abend war alles im reinen. Es stimmten die Spuren mit den Schuhen, und die Papiere ergaben den Beweis für ein weit verzweigtes Wuchergeschäft. Bloß der Zettel ist noch rätselhaft.

Das Verhör am nächsten Morgen blieb resultatlos, Weirather leugnete alles. Der Richter wurde fast etwas nervös ob solcher Verstocktheit und sagte dem Bauer den Diebstahl auf Grund der Untersuchungsergebnisse auf den Kopf zu.

Weirather blieb dabei, von nichts zu wissen.

Als Ehrenstraßer auf den rätselhaften Zettel anspielte und versuchte, durch denselben näheres aus dem Verhafteten herauszubringen, begann Weirather höhnisch zu lachen.

Der Richter verbot solches Benehmen energisch und drohte mit spezieller Strafe. Und im Dialekt fügte Ehrenstraßer hinzu. „Gieb das Leugnen auf, es nützt dich nichts, Weirather! Den Diebstahl beim Amareller hast du vollführt, kein anderer. Es stimmt alles haarscharf, und deine Verurteilung ischt sicher. Der verdächtige Zettel gehört dir, du hast es selbst eingestanden."

Wieder lachte Weirather höhnisch auf und sprach. „Lassen S' Ihnen nicht auslachen, Herr Richter! Seller Zettel ischt nicht verdächtig!"

„Was soll der Zettel dann bedeuten?"

„Eine Aufschreibung ischt er, weiter nichts!"

„Wieso? Eine richtige Aufschreibung sieht anders aus!"

„Schon möglich, Herr! Aber ich kann's halt nicht anders!"

Ein jäher Gedanke durchzuckte den Richter. „Kannst du etwa gar nicht schreiben und lesen, wie's Brauch ischt?"

„Nein!"

„Dann wären die Zeichen und Ziffern lediglich Notizen aus deinem Wirtschaftsleben?"

„Ja! Ich kann nur die Ziffern machen, wie sie auf den Tarokkarten stehen."

„Erkläre das, Weirather!"

„Selles Schwein auf dem Zettel hab' ich verkauft und um 25 Gulden und 10 Gulden Anzahlung 'kriegt. Fünf Metzen Kartoffel verkauft um 12 Gulden 50 Kreuzer. Auf die Hand geliehen 50 Gulden 20 Kreuzer."

„Gut! Dann kommt die zweite Abteilung, die mit einem Zeichen, ähnlich einem Wagen beginnt. Was bedeutet das?"

„Sell ischt die Gegenleistung. Mein Schuldner gab mir entgegen: 2 Wagenfuhren, angerechnet mit 5 Gulden, 2 Faß Wein im Wert von 15 Gulden, Barzahlung 11 Gulden, 15 Klafter Holz, für die ich 7 Gulden rechne, 25 Bäume zu 5 Gulden."

„Na, das Rechnen verstehst du bei allem Mangel der Elementarbildung vorzüglich. Da heißt die letzte Aufzählung wohl so viel, als daß du bei dem Geschäft 61 Gulden allweil noch verdient hast?"

„Vom Verdienen lebt der Mensch!"

„Das ischt kein Verdienen mehr, das ischt Wucher! Hast mit dem Amareller auch solche ‚Geschäfte' gemacht?"

„Es ischt nie recht 'gangen! Der laßt zu wenig aus!"

„Das kann man einem klugen Hausvater auch nicht verübeln. Ich mein' immer, der Geiz hat dich arg in den Klauen. Wieviel ischt dir der Amareller schuldig?"

„Nichts mehr!"

„Also hat er dich in der letzten Zeit ausbezahlt? Das wundert mich, denn er wird nach dem Verschwinden seines Geldes aus der Truhe nicht viel Bargeld mehr gehabt haben. War der Amareller immer zäh im Zahlen?"

Der kordiale Ton in der Rede des Richters veranlaßte den Verhafteten zum Plaudern, er schläferte die Besorgnis ein, der Bauer vergaß auf seine Situation vor Gericht und redete sich warm. „Ein saumiger Tropf ischt er allweil g'wesen! Nichts zu kriegen, allweil im Rückstand, allweil Ausreden, ein Jammerer jahraus und jahrein, und immerfort wieder leihen, bis er mir so ein halbtausend Gulden schuldig worden ischt!"

Ehrenstraßer horchte bei Nennung dieser Summe auf, doch ließ er den sichtlich erbosten Bauer weiterreden.

„Zahlt hat er nicht, auf die Anforderung ischt er grob worden; 's Vieh hat er verkauft und 's Geld dafür eingesteckt. Ich hab' wieder nichts 'kriegt, und so hab ich mir 's Geld halt selber g'holt!"

Ehrenstraßer blinzelte dem Protokollführer zu, der indeß jedes Wort des Verhafteten bereits zu Papier gebracht hat und insbesondere die letzte Aussage fixierte.

Der Richter warf nun in harmloser Weise ein. „Ja, ja, ganz recht, Weirather! Aber ich mein', der Amareller wird selles Geld nicht gutwillig hergegeben haben?"

„Ich hab' den Tropf auch nimmer g'fragt. Wo er 's Geld

verwahrt, hab' ich ja gewußt, und so bin ich halt es holen 'gangen!"

„Ganz richtig! Du bischt es holen gegangen. Wahrscheinlich in der Nacht?"

„Freilich!"

„Und wegen des Sultan hast deine Hündin mitgenommen?"

„Ich selber hab' keinen Hund; selle Matz hab' ich z' leihen g'nommen, und so hat der Sultan keine G'schichten gemacht."

„Dann bist durchs Fenstergitter eingestiegen, gel?"

Der starre Blick des Aktuars brachte Weirather die Gefahr in Erinnerung; der Bauer überlegte einen Augenblick und dann erklärte er: „So hab' ich halt gedenkt, könnt' man's machen, aber ich hab' die Sach' dann decht wieder überlegt und sie dann bleiben lassen. Selles denken ischt aber, mein' ich, noch keine Sünd' und nicht straffällig."

Mit leiser Ironie sprach der Richter. „Das wirst du schon sehen, Weirather! Bis zum Einsteigen hast jetzt alles schön und ordnungsmäßig eingestanden, das ischt die Hauptsache. So, und nun werden wir dich mit dem Maßstab messen."

Der Bauer machte einen Luftsprung vor Schrecken und auf dieses Geräusch hin erschien Perathoner, der Amtsdiener, vorsichtshalber in der Thüre, so daß ein Fluchtversuch unmöglich ward.

„Amtsdiener, halten Sie mal den Inquisiten!" befahl der Richter, nahm den Maßstab vom Tisch und näherte sich dem Bauer, der heillos zeterte.

„Ruhig, Weirather! Es geschieht dir weiter nichts! Wir

wollen nur wissen, wie dick dein Schädel ischt!"

„Das braucht Ihr nicht zu wissen, mein Schädel ischt meine Sach', und die Dicke auch!"

„Ruhig jetzt! Es ischt gleich geschehen!"

„Ich mag aber nicht! Zu was willst meine Schädeldicken wissen?"

„Das kann ich dir schon sagen, Weirather! Ich will wissen, ob du mit deinem Dickschädel und dem Arm dazu durchs Fenstergitter durchschlupfen konntest."

„Nicht messen, ich bitt'. Lieber sag ich's freiwillig. Ja, durchkrochen bin ich!"

„Na, also! Dann ischt die Maßprobe nicht mehr nötig! Also zum Protokoll: Inkulpant gesteht zu, durch das vergitterte Fenster eingestiegen zu sein."

Weirather stand nun wieder trotzig vor dem Amtstisch, während der Amtsdiener zur Bewachung an der Thüre blieb. Der Richter forderte den Bauer auf, weiter zu erzählen, doch Weirather blieb stumm.

„Also, du willst nichts weiter sagen. Auch recht. Es wäre aber besser, wenn du dein Gewissen erleichtern würdest durch ein volles Geständnis. Dem Teufel bischt ja decht verfallen infolge des verübten Verbrechens, der Schwarze wird dich bei lebendigem Leib' holen, mein' ich!"

Verstockt stand der Bauer.

„Wie du willst! Aktuar, öffnen Sie das Fenster!" befahl der Richter, der nun mit dem Aberglauben der Gebirgler rechnete und daraufhin eine Probe machen wollte.

Weirather wurde unruhig, es quälte ihn eine ersichtliche Angst, und kleinlaut fragte er nach dem Grunde des

Fensteröffnens.

„Warum ich das Fenster öffnen ließ, willst wissen? Das kann ich dir schon sagen. Dem Teufel bischt verfallen und der wird jetzt gleich zum Fenster hereinfahren und dich holen beim lebendigen Leib'. Damit der Teufel leichter herein kann, ischt das Fenster aufgemacht worden!"

Jetzt zitterte der Bauer an Händen und Füßen, bebend und kläglich schrie er. „Loßt 'n nit einer! Ich sag' alles, macht das Fenster wieder zu!"

„So fang' nur an zu erzählen!" gebot schmunzelnd der Richter, der seine Rechnung richtig sah. Ehrenstraßer schloß selbst das Fenster, indes der Aktuar sich wieder schreibfertig machte.

Zögernd, immer den Blick auf das Fenster gerichtet, begann Weirather zu gestehen, daß er sich durch das Gitter zwängte, eine Fensterscheibe mit Pechpflaster verklebte und dann eindrückte, worauf die Fensterriegel leicht zu öffnen waren.

„Bischt denn nicht gestört worden bei dieser Arbeit?" fragte der Richter.

„Gehört hab' ich wohl etwas, wird wohl ein Knechtl zu den Madelen 'gangen sein. Sell war günstig."

„Und dann bischt in die anstoßende Kammer, wo die Truhe steht und hast die Truhe mit dem Schraubenzieher aufgesprengt?"

„Ja, ganz richtig!"

„Das Geld hast genommen?"

„Ischt ja decht mein Geld g'wesen!"

„Das ischt halt Ansichtssache. Wie bischt denn wieder fort?"

„Gleich nur hinten außi!"

„Wieso hinten?"

„Durch 'n Stallgang und Katschaus!"

„So, so! Das genügt! Man führe den Inkulpaten in seine Zelle!"

Weirather warf noch einen sorgenvollen Blick auf das Fenster und ließ sich dann widerstandslos abführen.

Zur Erledigung dieses Falles ist nur noch nötig, den Amareller in Bezug auf sein Schuldverhältnis zu Weirather zu verhören, dann kann der Inkulpat dem Kreisgericht zur Aburteilung überstellt werden. Und das Verhör ergab, daß Amareller wohl etwas über hundert Gulden dem Geizhals schuldig ist, jedoch nicht mehr, und Weirather ein berüchtigter Wucherer sei. Amareller hätte gern gewußt, ob man den Einbrecher und Dieb schon gefaßt habe, doch wurde ihm keine Mitteilung hierüber gemacht. Daß Weirather, von dessen Verhaftung man in der ganzen Gegend sprach, identisch mit dem Dieb sein könnte, hielt selbst Amareller für unmöglich.

Nun konnte der dickleibig gewordene Akt per Post an das Kreisgericht abgehen, wohin Weirather im Schubwege transportiert wurde.

„Eine Nummer wieder einmal glücklich erledigt!" murmelte befriedigt der pflichttreue Richter.

VII.

Winter ist's geworden im Tiroler Land, weiß die Fluren, wie die stolzen, himmelragenden Berge. Wer den Winter mit seinen Schrecken gründlich kennen lernen will, darf nicht in der Thalung oder im Amtsstädtchen bleiben, sondern muß in die Höhe wandern, wohin kein Postwägelchen mehr führt, sondern nur schlechte Saumwege, die nach grimmigem Schneefall auch nicht mehr passierbar sind. Winter in Latschwies auf der Höhe! Die richtige Einöde im unwirtlichen Hochgebirge und dennoch besiedelt. Der winzige Ort hat seinen Namen eigentlich völlig zu Recht; wo noch Wiesengrund vorhanden ist, wuchsen die Latschen schier hinein, die Legföhren mit ihren schwarzgrünen Nadeln. Korn wird nicht reif da heroben und selbst dem Hafer fliegt der Schnee häufig auf den noch grünen Halm. Die Latschwieser Höfler treiben etwas Viehzucht und schätzen sich glücklich, wenn zum Herbst die Erdäpfel (Kartoffeln) eßbar geworden sind. Winters über gleichen die Einödbauern so ziemlich den Eskimos, und das Eingeschneitwerden sind sie von altersher gewohnt.

Das Dörfchen besitzt eine Franziskanerexpositur, ein Klösterl, alt und baufällig, mit einer Miniaturkirche, und ein Pater des Franziskanerordens mit einem Frater (dienender Klosterbruder) hat hier zu wohnen und die kleine Gemeinde zu pastorieren. Hier leben, heißt entbehren, auf alles zu verzichten.

Grau und alt ist Pater Ambros in dieser Expositur geworden, ein Vater seiner Gemeinde, die in jeder Not und Sorge zum „Einödpater" kommt. Der schlichte alte Mönch muß den Latschwiesern alles in einer Person sein. Priester, Arzt, Lehrer, Apotheker, Advokat und Viehdoktor. Pater

Ambros leistet solche Dienste seit Jahren und bekommt nie einen Heller dafür. Den Meßwein schickt das Mutterkloster aus der Amtsstadt und etwas Brot zweimal im Monat. Sonst ist die Expositur auf die Milde der armen Gemeinde angewiesen. Fällt eine Kuh oder ein Jungrind ab, giebt es auch im Klösterl Fleisch, sonst aber muß der Plenten (Buchweizen), Kraut und die Kartoffel genügen. Im Herbst ist eigentlich die üppigste Zeit für die Bewohner der Expositur; da kommt der Jagdherr in die Berge, und von der Strecke wird dem Klösterl regelmäßig eine Gemse und ein geringer Hirsch überwiesen. Von solchem Reichtum giebt aber die Expositur wieder an die Dörfler ab, und so ist's ein ständiger Tauschhandel zwischen der Gemeinde und dem kleinen Kloster.

Die Bauern haben ihren Einödpater gern, denn er ist wirklich der Helfer in allen Nöten, und dann kostet er der Gemeinde kein Bargeld. Als es einmal hieß, das Klösterl solle aufgelassen und in ein Pfarrhaus mit einem Weltgeistlichen umgewandelt werden, da protestierten die Latschwieser energisch und erklärten, ihnen passe der alte Pater besser, als der gescheiteste Pfarrer. Lieber ein grober Franziskaner als ein geschniegelter Stadtgeistlicher, der sich vor dem Schnee fürchtet und vom Vieh nichts versteht, so lautete die Meinung in Latschwies, und richtig setzte die Gemeinde es durch, daß Pater Ambros verblieb.

Den Bauschaden im Klösterl besserte man zur Not aus, d.h. Steine, Mörtel und Holz fuhren die Dörfler an, das Bauen aber mußte der Einödpater selber besorgen, und er that es, unterstützt vom Frater Marian, einem hüstelnden, mageren Klosterbruder, der aus dem welschen Süden stammt und schwer leidet unter dem rauhen Klima des Hochlandes im Norden Tirols.

Da half aller Zuspruch des an die scharfe Bergluft

gewohnten alten Paters wenig, der Klosterbruder vertrug sie nicht, doch hielt er klaglos aus und hüstelte dazu. Seine Gedanken weilten freilich sehr häufig im sonnigen Süden.

Jetzt im Winter ist's ein eintönig Leben im Klösterl; der kirchlichen Verrichtungen sind wenig und auch sonst nur kleine Arbeit. Frater Marian sägt und hackt Holz, derweil der Einödpater die Kinder in dem zum Schulzimmer adaptierten Speisezimmer unterrichtet.

Am 27. November war es. Um 10 Uhr entließ Pater Ambros die Schuljugend, welche im Bereich des Klösterls ruhig und bescheiden von dannen schlich, hinter der Pforte aber auf dem tiefverschneiten Sträßlein sofort in zwei feindliche Teile sich trennte und ein regelrechtes Schneeballenbombardement eröffnete. Dabei konnte es nicht anders sein, daß sich mancher Ball an die Fenster des Klösterls verirrte und dumpf an die Scheiben fiel, was zur Folge hatte, daß der Einödpater den grauen Kopf hinausstreckte und der Jugend im rauhesten Bergdialekt zurief: „Pack's enk durch oder ich kimm decht mit 'm großen Stekken!"

Wohl schienen einige Bengels Lust zu haben, Schneeballen nach dem würdigen Altpriester zu werfen, doch die verständigeren Kinder wehrten ab, und mählich trollte die Schar davon, bis über die Knie im Schnee watend.

Pater Ambros verließ bald darauf das Klösterl, um einen Krankenbesuch zu machen, welcher dem Strugglmoidele gilt. Das ist ein altes Weibel, lahm, schier taub und blind, das von der Gutherzigkeit der Nachbarn mit Milch und Brot versehen wurde, um nicht zu verhungern. Den Namen mochte das Weibel aus der Jugendzeit ins Alter herüber bekommen haben, denn meist war der Struggl (Strudel, gerollte Mehlspeise mit Apfel- oder Topfeneinlage und mit heißer Butter übergossen) des Mädels Lieblingsspeise, und der Volkswitz brachte der damals schwarzhaarigen Marie den Spitznamen Strugglmoidele auf.

Besagtes altes Weibel hatte den Einödpater um seinen Besuch bitten lassen, wasmaßen dem Moidele das Kirchgehen nimmer möglich ist und es Gottes Wort doch von Zeit zu Zeit hören möchte.

Der Gang zum Strugglweibele ist zur Sommerszeit insofern keine Kleinigkeit, als die Hütte der Moidel sehr hoch oben liegt und der Anstieg mühsam ist. Jetzt, im Winter, bei Hochschnee, heißt es steigen und waten mit Kraft und Ausdauer.

Unverdrossen stapft Pater Ambros aufwärts und nach einer Stunde war er bei der Hütte oben. Erst den Schnee abgestreift, dann trat der Einödpater ein. Richtig hockt's Moidele beim warmen Ofen, den eine gutmütige Nachbarin dem armen Weibel tüchtig angeheizt hatte.

Da es schneehell war, vermochte das Strugglmoidele den Franziskaner zu erkennen, und dankbar begrüßte es den Priester: „Grüß Enen Gott! Ischt decht a Plag' mit mir, Hearr!"

„Macht nichts, Moidele! Zum Plagen sind die Leut' auf der Welt! Nun, wie geht's, Weibele?"

„'s Reißen hun ich halt soviel stark und 's Drucken! Ich moan', es werd mer wohl 's Herz oh bald abdrucken, aftn ischt's gar!"

„Na, na! Nur nicht gleich das Schlimmste glauben, Moidele! Sein Kreuz muß jeder Mensch tragen, du auch, und mußt halt denken, du kommst aftn leichter in 'n Himmel!"

„Ischt ein Kreuz bei dem Schnee, selles Himmelfahren!"

„Nun, wer weiß! Vielleicht kannst in einer linden

Sommernacht auffahren!" lachte gutmütig der alte Pater.

„Weiß nit, ob ich's derkraften kann bis zu seller linden Zeit! 's Rheumatisch hun (habe) ich schun (schon) arg, ich möcht' wirklich gern beichten!"

„Das kannst ja, Moidele! Ich bin bereit! Hast Reu' und Leid schon gemacht, so kannst gleich anfangen!" sagte der alte würdige Priester und setzte sich zum Weibele auf die Ofenbank.

„Na, Hearr, so than mer nit, so kann ich nit beichten!"

„Warum denn nicht? Ich bin ja da, der Priester, und du bischt das frommgläubige Beichtkind. Was fehlt denn?"

„Die Seichgazen!"

Verwundert sah der Priester auf das alte Weibel; ein solcher Fall ist ihm in seiner dreißigjährigen Seelsorgepraxis noch nicht vorgekommen und trotz aller Erfahrung weiß er nicht, was das alte Weibel will.

Eigensinnig beharrte Moidele auf ihrem Willen; ohne Seichgazen kann sie nicht beichten.

„Ja, was ischt denn selle Seichgazen?"

„Geath 's nur auß'n in die Kuchl, ober 'm Schüsselg'stöll ischt sie, Des söcht sie gleich, die Seichgazen! Geath nur, Hearr, ich thue mich so viel hart giahn (gehen)!"

„Da bin ich aber selber wirklich neugierig!" murmelte Pater Ambros und verfügte sich in die rauchgeschwärzte, winzige Küche, um im Dämmerschein nach der rätselhaften Seichgazen zu forschen. Über dem Schüsselgestell steckt richtig ein Instrument, das der Einödpater als ein viereckiges Sieb zum Seihen erkennt. Sollte das die geforderte „Seichgazen" sein?

Pater Ambros nahm dieses Kücheninstrument vom Gestell herab und trug es in die Stube. „Ischt es das rechte?"

„Ja wohl! Selle Gazen muß ich hun (haben)!"

Jetzt wußte der alte Pater Bescheid; dieses Kücheninstrument mußte bei dem alten Weibele das — Beichtgitter des Beichtstuhles in der Kirche ersetzen, Moidele will diese Illusion vor Augen haben.

„Also stellen wir die Gazen auf!" sagte der Einödpater und hielt das Instrument zwischen sich und dem alten Weibel.

„So, Hearr! Jetzt kann ich beichten!" sagte Moidele.

Nach frommem Zuspruch und dem Versprechen, von den Mehlvorräten des Klösterls etwas heraufzuschicken, verließ der Priester die Hütte, und stieg vorsichtig den Steilhang durch den Schnee wieder hinab.

Pater Ambros verzehrte mit dem Frater Marian das karge Mittagsmahl, bestehend aus Bohnensuppe und aufgeschmelzten Plenten. Schon wollte der Klosterbruder abräumen, da sprach der alte Priester: „Heute wollen wir uns ein Viertel Röthel gönnen, Marian, denn heute feiern wir ein Abschiedsfest!"

Verwundert blickte der bleiche, abgehärmte Frater auf Pater Ambros.

„Jawohl, es ischt schon so! Heute nachmittag 1/2-2 Uhr fällt der letzte Sonnenstrahl auf unser Klösterl. Wir müssen daher von Frau Sonne auf lange Zeit Abschied nehmen!"

„Ach so! Ich glaubte schon —"

„Auch deine Stunde wird schlagen! Aber für uns ischt es heute ein Abschiedsfest. Die Sonne wird uns nun durch volle 87 Tage meiden, weil sie über die hohen Berge nicht mehr zu uns herein kann. Wir müssen es daher wie die alten Spartaner machen und im Schatten kämpfen. Wird am 22. Februar gut Wetter sein, so bekommen wir an diesem Tage wieder den ersten Sonnenstrahl im neuen Jahre."

Betrübt ließ Frater Marian den Kopf sinken.

„Mußt nicht mutlos werden, Bruder! Es sind die schlimmsten Tage nicht, die sonnenlos vergehen und grau in grau verrinnen! Fehlt uns das helle Licht, thut uns die Dunkelheit nicht so weh. Unsere Pflicht ischt es, zu dulden; wir müssen wie die Bergbauern in der Einöde das gemeinsame Geschick tragen, gottergeben und gefügig. Nicht jeder kann im sonnigen Süden leben, der auch nicht alle Wonne in sich schließt. Und wir Franziskaner sind nicht zu einem wonnevollen Leben bestimmt. Aber zum Sonnenabschiedstag wollen wir einen Schluck Wein nehmen. Hol ein Flaschele, Marian!"

Eben will sich der Bruder entfernen und die Flasche Wein holen, da gellt die Pfortenglocke durch das Klösterl.

„Ei der Tausend! Wer mag wohl so stürmisch läuten? Sieh' nach, Marian!"

Schlürfenden Trittes begiebt sich der Frater zur Pforte und läßt einen Bergbauernbuben ein, der dringend nach dem Einödpater verlangt. Ambros kam selbst herbei, zu sehen, was es an der Pforte gebe, und so konnte er gleich hören, was der Bube will.

„Ich bin der Bub' vom Zacher am Joch! 'm Vaterle hat ein Baumstamm beim Schlittelen 'druckt und er laßt bitten um die baldige Wegzehrung! 'leicht geath's schiech."

„Gleich, Zacher! Hast etwan Hunger?"

„Ich dank'! Ein Trum Brot und ein Eichtel Speck hab' ich

schon 'gessen! Schlaun dich, Pater, es wird gleich wieder wahen (schneetreiben) und aftn find' ich neammer z'ruck im Schnee!"

Pater Ambros hieß den Buben sich in der Pförtnerstube wärmen und machte sich zum Versehgang auf das Joch bereit. Hurtig wird der Habit hochgeschürzt, denn es wird schwer steigen heißen, dann bekommt der Zachenbub' des Paters Bergstock, das Glöcklein und die Laterne zu tragen, indes Ambros ins Kirchlein eilt, um die Bursa mit der hl. Wegzehrung zu holen.

Still und stetig begann es zu schneien aus dem nun grauverhängten Firmament.

Pater Ambros mit dem voranschreitenden, das Glöcklein schwingenden Zacherbuben verläßt das Klösterl. Nur im nächsten am Sträßlein liegenden Gehöft ist der rasche Aufbruch zum winterlichen Speisgang beobachtet worden, und die Inwohner knieen nun im Schnee und bekreuzigen sich.

Leise betend schreitet der Priester an den frommen Leuten vorüber, die dann im Klösterl fragen, wem der Speisgang gelte.

Der arme Zacher am Joch! Und der arme Pater, der durch den Schnee hinauf muß zur Höhe!

Vor dem Jochberg angekommen, bleibt der Zachenbub' erschrocken stehen. Alles verweht! Die halbe Stunde hat genügt, seine eigene Spur, die er beim Abwärtssteigen getreten, völlig zu verdecken. Und jetzt wirbelt das weiße Geflock so dicht herunter, daß man kaum auf zehn Schritte voraus sehen kann.

Auch Pater Ambros hält inne, er sucht mit den Augen die Anstiegsrichtung. Die Bursa in der linken Hand haltend, stochert er mit dem Bergstock in der rechten nach festem Grund. Wohl über zwei Meter tiefer Schnee und weich dazu, ohne Harst. Dazu bläst der Bergwind aus dem Klammloch wild und kalt und jagt Flugschnee den Wanderern entgegen. Ein böses Steigen, aber es muß gewagt werden. Verlangt ja ein Sterbender nach dem letzten Trost der Religion! Der alte Priester steigt an, er will voraus Schneetreten, auf daß der schwache Bub leichter hinterdrein steigen kann. Langsam geht es aufwärts, immer wieder sinkt der Pater bis an die Hüften im Schnee ein und es bedarf langer Zeit, bis Ambros sich wieder herauszuarbeiten vermag. Einige Schritte weiter beginnt dieselbe Mühe wieder und wieder. Der Einödpater erkennt, daß er die Hände völlig frei haben muß; er versorgt die Bursa auf seiner Brust unter dem Habit, zieht das Cingulum fester, und mit einem Gebet auf den Lippen klimmt er mit Hilfe des Steckens schrittweise durch den immer tiefer werdenden Schnee aufwärts. Eine Stunde vergeht, und kaum eine Viertelstunde Weges ist zurückgelegt. Dafür wütet jetzt aber ein Sturm, der jedes Lebewesen vernichten will, und wild heranbraust. Wind und Schneetreiben ringsum, so dicht und vehement, daß der erschöpfte Wanderer die Augen schließen muß. Pater Ambros zieht den Buben fest an sich, just in dem Augenblick, da der kleine Zacher ohnmächtig zusammensinkt.

Ratlos, zu Tode erschöpft, steht zitternd und keuchend der Pater im Schnee. Wohin nun? Wo Rettung finden? Der Blick verwehrt nach oben wie nach unten, ein wirbelndes, weißes Chaos ringsum. Hier steckenbleiben, heißt sterben. Die Gefahr ist da, der weiße Tod lauert auf zwei Opfer. Keine Hilfe! Rufen und Schreien verschlingt der tosende Sturm, es wäre auch unnütz, ohne den Wind, denn in dieser Wildnis ist kein Mensch zu treffen.

Den Pater dauert der Bub, der sein junges Leben lassen muß

in der Schneewüste. Doch was gethan werden kann, soll geschehen. Ambros reibt des Buben Schläfe mit Schnee ein, netzt dessen Lippen mit Schneewasser, das er in den geballten Händen erzeugte, und nach langem Bemühen schlägt der Knabe die Augen auf: „Hoam möcht' ich!" wimmert er.

„Ich auch!" meint der Pater. „Aber zuerst müssen wir schauen, aus dem gefährlichen Schneeloch zu kommen!"

Der Sturm läßt etwas nach, das Schneetreiben wird schwächer, so daß ein Umblick möglich ist.

Ambros erkennt in der Nähe ein Lebewesen, das mit Aufbietung aller Kräfte dem fesselnden Schnee zu entrinnen sucht. Ein Hirsch ist's, der seitlich durch den tiefen Schnee ausbrechen und einen schützenden Ort oder den Wald erreichen will. Der Hirsch zappelt und sinkt bis an die Lauscher ein, er arbeitet sich aber wieder hoch, durchrinnt dünnere Lagen, sinkt in eine Wächte und steuert endlich nach rechts hinüber.

„Ihm nach!" flüstert der Franziskaner. Der tierische Instinkt wittert gewiß einen Schutzort und diesen sucht der Pater gleichfalls zu erreichen.

Eine gräßliche Wanderung ist es, bis Ambros, der den Buben hinter sich zieht, die breitgeschlagene Hirschfährte erreicht, auf welcher er nun gleichfalls alles durchmachen muß, wozu der Hirsch gezwungen war. Einsinken, herausarbeiten, wieder einfallen und emporklettern. Der Schnee dringt in die Habitärmel, am Halse ein, naß und klebrig sind die Füße, der um sein Leben kämpfende Priester schwitzt und dampft vor Überanstrengung, und kaum hält er inne, erschauert der Leib vor Kälte. Der Bub wimmert vor Frost.

Endlich gelingt das schwere Werk. Auf der Hirschfährte

weiterstrebend, erreicht Ambros eine Breitfläche, an deren oberen Ende eine tiefverschneite Almhütte liegt, von Hochwild umstanden, das aus den Fugen und Ritzen des Futterstadels gierig Strohhalme und Heufäden zieht.

Plötzlich erdröhnt ein Schuß, ein Hirsch wird hoch und fällt nach kurzer Flucht, schlegelnd sinkt er in den Schnee. Aufstäubend jagt das Rudel davon.

Vor Schrecken ist Pater Ambros tief eingesunken und mühsam arbeitet er sich aus dem Schneeloch heraus. Wer wohl geschossen haben mag? Berufsjäger schießen nicht auf hungerndes Wild am Futterplatze; es wird ein Wilderer sein. Doch gleichviel, ein Mensch ist hier oben, ein Mensch, der Erbarmen haben muß mit einem todesmatten Priester und dem ohnmächtigen Kinde.

„Hilfe!" ruft der Pater, und blitzschnell verschwindet die Gestalt im Walde.

„Hilfe in höchster Not! Ich bin's, der Einödpater!"

Jetzt erst findet sich die Gestalt mit geschwärztem Gesicht bewogen, näher zu kommen, und wie der Wilderer das Ordenskleid erkennt, watet er völlig heran, und hilft dem Pater.

„Verrat' mich fein nicht!" flüstert er Ambros zu.

„Gewiß nicht! Bring' nur erst den Buben in die Hütte!"

Der Wilderer nahm den Zacher auf die Schulter und trug ihn zur Hütte, wo er den Kleinen mit Schnaps labte und zum Leben brachte.

Mittlerweile hat sich auch der Einödpater heraufgeschleppt, und völlig ermattet nahm er Platz am Herd.

„Nimm einen Schluck Birenen (Moosbeerschnaps), Pater,

seller thut dir oh (auch) gut!"

Wie das erquickte!

Nach kaum halbstündiger Ruhe bat der Priester jedoch um das Geleite des Mannes zum Zacherhof, wo der Jochbauer im Sterben liege.

„Sell geaht heunt nimmer! Ischt ja schon völlig Nacht 'worden!"

„Ich muß hinüber, dem Sterbenden die heilige Wegzehrung bringen!"

„Ah so wohl. Hast aftn auch die Hostien bei dir?"

„Red' nicht lang' und hilf mir hinüber zum Zacher!"

„Sell geaht nit! Es ischt schon zu spät, der Schnee zu tief, wüßt' frei selm nit hinüber in der Nacht! Mußt ihn schon selm allein sterben lassen, den Zacher!"

Eine Müdigkeit überfällt den Pater, taumelnd wankt er und ist dankbar, daß der Wilderer ihm das eigene Heulager in der Ecke anbietet. Kaum liegt Pater Ambros, schlummert er auch schon ein. Die Anstrengung war zu groß.

Ruhig schläft auch der Bub auf einem Haufen Daxen.

Wie der Wilderer den schlummernden alten Priester betrachtet, durchkreuzen seltsame Gedanken seinen Kopf. Gewiß will der einsame Mensch nichts Schlimmes beginnen, als Gebirgler empfindet er Achtung vor dem Priesterkleid des Mönches, aber ein Gedanke will den Ausgestoßenen nimmer verlassen. Wie hat doch der alte Holzer Christl einst gesagt: Das beste Mittel für einen Büchsler bleibe immer die geweihte Hostie, die man in eine selbst geschnittene Handwunde einlegen und einwachsen lassen soll, auf daß die besondere Kraft der Hostie sich auf den Büchsler übertrage, der dann schußfest wird.[4] Schußfest werden, so daß alle Jägerkugeln abprallen am gefeiten Leibe, das wäre das Richtige für den armen Cajetan heroben. Schußfest gegen seine Feinde, welche nach ihm fahnden und ihn hetzen. Der Cajetan hat es nimmer ausgehalten in der fremden Kaserne, das Heimweh hat ihn gepackt, und eines Tages ist er durch und seitdem lebt er heroben in der Wildnis kümmerlich genug. Sommers über geht es ja noch gut, da helfen die Almerinnen und sorgen für ihn in jeder Weise; aber im Winter ist es hart leben. Freilich, so lange es so tüchtig schneit, können die Verfolger nicht herauf und der Cajetan hat Ruhe vor ihnen. Ist ein Wunder, daß der Franziskaner durch den Wehschnee heraufgekommen ist. Ein Wunder wahrhaftig! Und ob der Cajetan nicht von solchem Wunder profitieren soll? Er braucht ja bloß eine einzige Hostie für seinen Zweck, der Einödpater will den Zacher „versehen", also hat der Geistliche sicherlich mehrere oder doch zwei Hostien bei sich. Der Zacher langt, wenn er morgen noch am Leben ist, gewiß mit einer Hostie, und ist er gestorben, braucht er gar keine mehr. Dem Cajetan aber wäre mit einer Hostie geholfen. Wenn er daher dem Franziskaner eine Hostie wegnimmt, könnte Cajetan morgen schon schußfest sein, gefeit gegen die Kugeln seiner Todfeinde. Aufmerksam betrachtete der Flüchtling den schlafenden Pater. Wo dieser wohl die Hostien verborgen haben mag? Das Fehlen einer einzigen wird er vielleicht gar nicht merken. „Und mir wäre geholfen!" flüsterte Cajetan, dem ganz heiß wurde bei diesem Gedanken. Unwillkürlich ließ Cajetan sich auf den Boden nieder, zog die Schneestrümpfe und Schuhe aus, und kroch geräuschlos zum Lager des Paters hin.

Quält diesen ein beängstigender Traum, er wird unruhig, stöhnt und legt sich auf die linke Körperseite.

Cajetan liegt einer Schlange gleich vor dem schlafenden

Priester, die Augen fest auf dessen Oberkörper gerichtet, spähend nach dem Behältnis der Hostien.

Nichts zu sehen, es ist noch zu finster in der Hütte.

Cajetan erhebt sich leise, um für die etwa nötig werdende Flucht sein Schießzeug gleich bei der Hand zu haben, und richtet dasselbe bereit. Dann kriecht er wieder zum Heulager und betrachtet den Franziskaner.

So vergeht Stunde um Stunde, und immer gieriger wird der Ausgestoßene nach dem Mittel zur Erzielung der Schußfestigkeit. Jetzt oder nie! So lange der Pater ruhig bleibt, soll ihm auch nichts geschehen. Wenn er sich aber wehrt? Soll er ihn wegen der Hostie umbringen?

Cajetan fröstelt bei diesem Gedanken. Nein, nein, das will er nicht thun. Aber freilich, wenn der Pater die Hostie nicht gutwillig hergiebt, so muß er dazu gezwungen werden.

Es wird mählich lichter in der Hütte. Cajetan hockt am Lager des Priesters und zieht leise seine Schuhe wieder an. Könnte ja sein, daß er flüchten muß, und dazu muß er die Schuhe haben.

Der Schlaf des Einödpaters wird leichter gegen Morgen, die Atemzüge ruhiger.

Wieder betrachtete ihn der Wilderer, und diesmal ist's ihm, als zeige die Brust eine Erhöhung, als sei unter dem Habit ein Gefäß geborgen.

Soll Cajetan etwa dort den Habit aufschneiden? Mit einem Schnitt des scharfen Knickers wäre das gethan, und dann könnte er das Gefäß mit den Hostien in alter Stille herausnehmen. Wenn sich aber der Pater in diesem Augenblick rührt, wenn er gar in die Höhe fahren will, so rennt er die Brust direkt in das Messer.

Cajetan erschauert. Seine Hände zucken, er weiß nicht wie ihm geschieht, wie von geheimnisvoller Macht geleitet, sind die Hände auf der Brust des Mönches, ein vorsichtiges Tasten beginnt, Cajetan befühlt den Behälter unter dem Habit, das heißbegehrte Gefäß ist vorhanden. Schon zieht er das Messer, der Habit muß auf der Brust aufgeschnitten werden.

Jäh schreckt der Priester zusammen, erwachend ruft er: „Was soll es? Wer ischt da? Was willst du?" und richtete sich auf.

Blitzschnell ist Cajetan aufgesprungen, das offene Messer hinter dem Rücken verbergend, suchte er den Geistlichen zu beruhigen. „Nichts, Hochwürden! Nichts! Ich hab' nur geschaut, ob Ihr noch schlaft! Es ischt Tag worden draußen!"

Den Mönch befällt eine jähe Ahnung. Mit einem Handgriff an seine Brust überzeugt er sich, daß die Bursa unter dem Habit noch vorhanden ist. Pater Ambros erhebt sich, er erkennt die Betroffenheit des Wilderers, er ahnt dessen Absicht, den Frevel, und in heiliger Entrüstung, mit flammenden Worten, züchtigt er den schweren Frevel, den geplanten Raub einer heiligen Hostie. „Das ischt verruchter Gottesraub! Du bischt dem Teufel verfallen, verdammt und verworfen! Ausgestoßen sollst du sein und bleiben aus der Gemeinschaft der Christen!"

„Na, na, Pater! Nur das nicht! Nicht exkommunizieren, ich bin eh (ohnehin) schon elend genug! Schau, Herr! Ich hab' ein Leben, schlechter wie ein Hund, elendiger wie 's Wild im Wald. Ich hab' weiter nichts Schlechtes wollen, gleich nur ein wengl kugelfest möcht' ich sein!"

„Frevel, strafwürdiger Frevel ischt das! Mag alles übrige begreiflich erscheinen, solcher Frevel nie und nimmer! Was du gewollt, bleibt ohn' Verzeihen! Das kann dir nie und nimmer verziehen werden! Ich exkommuniziere dich! Verflucht bischt du, ausgestoßen aus der Gemeinschaft der Christen!"

Cajetan griff nach dem Schießzeug, mit einem Satz sprang er aus der Hütte.

Nicht länger will Pater Ambros in dieser Hütte bleiben; er weckte den Buben und trat in die Schneewüste hinaus. Klar ist das Firmament geworden, ein kalter Wintertag ist angebrochen, der Schnee haftig geworden.

An einzelnen Felsformationen des Gebirges ringsum vermag sich der Pater zu orientieren, der Bub erkennt auch die Richtung zum Joch, und so treten beide den Marsch an. Stundenlang heißt es waten im Schnee, dann endlich ist die Jochhöhe erklommen, von welcher auf der anderen Seite abwärts nur noch ein Viertelstündchen bis zum Zachenhofe ist.

Müde und matt wird das Gehöft erreicht. Die weinende Bäuerin schließt ihr glücklich wiedererhaltenes, schon aufgegebenes Kind in die Arme, und dann geleitet sie den Mönch zum toten Zacher. Zu spät gekommen. All' die furchtbare Mühe war vergebens.

Pater Ambros segnete die Leiche ein und betete für den Heimgegangenen. Nach eingenommener Stärkung trat der Einödpater den Rückweg an, diesmal von zwei Knechten begleitet, die ihm den Weg voraus treten.

Sonnenwiederkehr ist heute; bei klarem Himmel sendet die Sonne erstmalig im neuen Jahr wieder ihr Licht auf das Klösterl in Latschwies. Ein frostiger Tag, dieser 22. Februar, doch er brachte die Sonne wieder, die der einsam in seiner Zelle sitzende Pater Ambros stillfreudig begrüßte. Die 87 sonnenlosen Tage sind vorüber, langsam geht es dem Lenz entgegen. Im Klösterl hat es in dieser Zwischenzeit eine Veränderung gegeben. Frater Marian ist auf die Bitte des Einödpaters nach dem Süden versetzt worden, in die sonnige, warme Heimat. Für ihn ist ein anderer Klosterbruder heraufgekommen in die Bergwildnis, ein kräftiger, junger Mann, wetterfest, von dem die Latschwieser gleich beim ersten Anblick sagten: „Der ischt der richtige, der vertragt was!"

Pater Ambros hüstelt in seiner Zelle. Jene Schreckensnacht durch die Schneewüste im furchtbaren Sturm, die kalte Nacht in der Hütte, all' dies hat ihm doch böse zugesetzt. Er ist ja kein Junger mehr, der Einödpater. Aber der „Auswärts" (Frühling) wird es schon bessern.

Der neue Frater Willibald läutet das Ave; es ist Abend geworden in der Bergeinsamkeit. Unverschlossen ist in dieser kurzen Zwischenzeit die Klosterpforte. Wer wird auch eindringen wollen in diese Stätte der Armut und Entbehrung!

Und doch! Eine Gestalt huscht hinein und verbirgt sich.

Zur Matutin erhebt sich Pater Ambros vom Lager, entzündet eine Kerze und will eben seine Zelle verlassen, da wirft sich eine Männergestalt dem Pater zu Füßen und fleht um Barmherzigkeit. Ambros ist erschrocken zurückgewichen, doch der flehende Ton beruhigt ihn sogleich. „Wer bischt du und was willst du?" fragte der Franziskaner und leuchtete dem Burschen in das Gesicht.

„Kennst mich nimmer, Pater? Ich bin der Cajetan, weißt noch?"

„Richtig, ja, jener Wilderer und Frevler! Was willst denn du Verworfener im Kloster?"

„Hilf mir, Einödpater! Die Sünd' möcht' ich los haben und Unterschlupf. Die Gendarmen hetzen mich, Herr! Ich bin oben nimmer sicher! Die Füß' erfroren, krank an Leib und Seel', hilf, Einöder! Hilf um Gottes und Jesu willen!"

Mitleidig sprach der alte Priester: „Das ischt freilich schlimm! Doch ein Gutes erkenne ich dabei, in dir ischt die Reue wach geworden! Das Gewissen regt sich, und das ischt der Anfang zur Besserung! Du willst wohl beichten?"

„Ja, Pater! Absolvier' mich um Gottes willen!"

„So sehst du es ein und bereust den furchtbaren Frevel?"

„Ja, Pater! Aber mach's geschwind, ich bin keine Stund' mehr sicher! Ein Gendarm ischt im Dörfl über Nacht 'blieben, der wird wohl mit Taganfang kommen!"

„Vor dem Altar und in der Kirche überhaupt bischt du sicher! Zur Beichte will ich dich lassen, aber kommunizieren kannst du nicht, denn es ischt nicht gewiß, ob du nicht abermals einen Frevel planst und die beim hl. Abendmahl empfangene Hostie verwenden willst zu abergläubischer That!"

„Nein, nein, gewiß nicht! Ich schwör's mit heiligem Eid! Bindet mir die Händ' an den Leib, doch laßt mich ans Speisgitter! Ihr könnt ja bei mir bleiben, bis die Hostie zerflossen ischt auf der Zung'! Ich bitt', sprecht mich los, lasset mich den Frevel wieder gutmachen!"

Der Priester erkannte die Zerknirschung des Ausgestoßenen, die Reue ist echt und tief empfunden. „So komm!"

Im Beichtstuhl des Klosterkirchleins hörte Pater Ambros die Beichte des Verfolgten, der dann tiefandächtig an das Gitter vor dem Altar kniete, um das heil. Abendmahl zu empfangen. Frater Willibald war zur Matutin ins Kirchlein gekommen und sah erstaunt, wie der Pater beim Schein einiger Altarkerzen den Tabernakel aufschloß und die heil. Handlung des Sakramentspendens vornahm.

Schon schritt Pater Ambros die Stufen des Altars herab, er reichte dem Büßer eben die geweihte Hostie mit den Worten: „Corpus Domine Jesu Christi custodiat animam tuam et vitam aeternam, Amen!"

Das Geräusch starker Tritte an der Kirchenthüre veranlaßte den Priester, forschend in jene Richtung zu blicken.

Eine uniformierte Gestalt ist eingetreten, die den Sturmhut in der linken Hand trägt und mit der Rechten sich andächtig bekreuzt. Ein Gendarm ist es.

Der greise Priester zittert vor Erregung. Ahnungslos kniet

Cajetan vor ihm und harrt frommgläubig des Empfanges der heil. Hostie. Pater Ambros reicht dieselbe dem Kommunikanten und unwillkürlich flüstert er diesem zu. „Bleib' knien, hinten wartet ein Gendarm!"

Cajetan zuckt erschrocken zusammen, die Angst macht ein Gebet unmöglich.

Der Gendarm mochte wohl auch in dem Kommunikanten den längst gesuchten Flüchtling erkannt haben, denn er näherte sich demselben bis zur ersten Kirchenbank, in welcher er Platz nahm, um hier zu warten.

Verwirrt hatte der Priester den Hostienkelch wieder zum Altar getragen und im Tabernakel verschlossen. Der Gedanke, wie dem armen Burschen die Rettung ermöglicht werden könnte, bewegte den Einödpater so stark, daß er für die nächsten Augenblicke nicht wußte, was beginnen.

Einer plötzlichen Eingebung folgend, trat Ambros nochmals zu dem zitternden Menschen und gebot ihm flüsternd, in die Sakristei zu kommen, indem der Pater zugleich das Speisgitter öffnete, um Cajetan in den für Priester und Ministrant reservierten Raum vor dem Altar einzulassen.

Schwerfällig folgte Cajetan, den die erfrorenen Füße schmerzten, vor dem Tabernakel verbeugte er sich tiefdemütig und schritt in die Sakristei, wohin ihm der Pater folgte, hinterdrein Frater Willibald.

In atemloser Spannung harrte der Gendarm in der Bank.

„Jetzt fort, Gott helfe dir!" flüsterte der alte Pater, und Willibald öffnete die zum Klostergang führende Thüre.

Trotz der Fußschmerzen raste Cajetan in seiner Todesangst mit jähen Sätzen in den Gang hinaus und verschwand.

„Rasch das Meßgewand, Willibald, ich will gleich die Messe

lesen!" gebot Ambros.

Frater Willibald verstand diese Absicht nicht sofort und machte Einwendungen. Es sei zu früh zur Messe und noch keine Andächtigen erschienen.

„Heute ischt mit Gottes Hilfe eine Ausnahme! Rasch, rasch!"

Willibald gehorchte, und alsbald erschienen Priester und Ministrant wieder vor dem Altar.

Der Gendarm guckte, er wartete einige Minuten und als er merkte, daß der gesuchte Flüchtling nicht wieder aus der Sakristei hervorkam, ward der Verdacht zur Gewißheit. Schnell bekreuzte sich der Gendarm und verließ raschen Schrittes das Kirchlein. Für ihn beginnt der Dienst, er darf keine Minute länger weilen. Flink springt der Mann um das Kirchlein herum, nach dem Ausgang von der Sakristei zu forschen, mit einem Blick ist der Plan entdeckt; der Flüchtling kann nur durch den Verbindungsgang ins Klösterl entwichen sein. Soll der Gendarm nun in Abwesenheit der Klosterleute eindringen? Thut er das nicht, so wird er den Deserteur auch nicht erwischen. Die Pforte ist offen, also hinein, der Dienst ist unerbittlich.

Vom Flüchtling keine Spur; Cajetan ist wie vom Erdboden verschwunden. Alles Suchen von Zelle zu Zelle, im Dachboden, im Keller, ist vergebens. Der Häscher suchte nun nach Spuren beim Gärtchen und hier wird der Schnee zum Verräter, eine flüchtige Fährte zeigt den eingeschlagenen Weg über die verschneite Wiese hinter dem Klösterl hinan den Berg zum Hochwald. Die Menschenjagd beginnt.

Nach beendeter Messe kehrte Pater Ambros in seine Zelle zurück, nun eine Beute unangenehmer Gedanken. Hat er recht gehandelt, da er sich vom Mitleid leiten ließ, oder hat er seine Pflicht gegenüber Staat und Gesetz verletzt, indem er dem Verfolgten zur Flucht verhalf? Zweifel erfassen ihn, der greise Priester ist mit sich uneins, und selbst ein Gebet kann ihn von solchen Zweifeln nicht befreien.

———————————————

Von erfolgloser Streife ist der Gendarm ins Amtsstädtchen zurückgekehrt, und sein erster Gang galt dem Bezirksrichter zur Berichterstattung.

Es war schon dämmerig und knapp vor Schluß der Amtsstunde. Eben wollte Ehrenstraßer die Lampe verlöschen, als sich der Gendarm meldete.

„Haben Sie den Flüchtling noch immer nicht?" fragte der Bezirksrichter.

„Zu Befehl, Herr Bezirksrichter, nein! Unter den begehenden Verhältnissen ist es auch ganz unmöglich, den Deserteur zu fassen!"

„Wieso?"

Nun erzählte der Gendarm das Erlebnis im Latschwieser Kirchlein.

Ehrenstraßer fühlte zum erstenmale in seiner Dienstpraxis eine Beklommenheit. Der Fall ist ihm neu und nichts weniger denn angenehm. Zunächst entließ er den Gendarm mit der Ordre, daß die Patrouillen gegen den Deserteur vermehrt und auch die Jagdgehilfen aufgeboten werden sollten. Weiteres werde dem Wachtmeister noch zugemittelt werden. Unschlüssig verblieb Ehrenstraßer noch in der Kanzlei und überlegte den Fall. Daß der ihm gut bekannte Einödpater aus rein menschlichem Mitleid so gehandelt, steht außer allem Zweifel. Aber wie qualifiziert sich diese Handlungsweise? Ist es Begünstigung, um einen Verbrecher der Bestrafung zu entziehen? Dazu gehört das Bewußtsein beim Pater, daß Cajetan ein Deserteur ist, also eine bestimmte strafbare That begangen hat, vor deren Folgen der Begünstiger ihn retten wollte. Hatte der Pater dieses Bewußtsein? Kann und soll man überhaupt gegen einen Ordensgeistlichen, gegen einen wahrhaftigen Märtyrer seines Berufes vorgehen? Von einem Vorteil für den Begünstiger kann ja ohnehin keine Rede sein. Und übergroß ist die Schädigung auch nicht, und für den Staat kann es ziemlich gleichgültig ein, ob der Flüchtling um einige Tage früher oder später eingefangen wird. Unangenehm bleibt der Kasus jedoch immer, denn der Gendarm hat dienstlich hierüber Anzeige erstattet, und der Untersuchungsrichter ist verpflichtet, der Sache nachzugehen.

„Ja, das werde ich wohl thun müssen, aber heute nimmer!" murmelte der Richter, nahm Hut und Überrock, blies die Lampe aus, und verließ das Gerichtsgebäude.

VIII.

Es lenzte in der Bergwelt unter üblichen Stürmen und dem
Wechsel von Schneetreiben und Regengüssen. Zeitweilig
luegte aber auch die wärmer werdende Sonne zwischen den
Wolken hervor und bestrahlte die braungelben Flächen. Um
diese Vorfrühlingszeit ging man bei Ratschiller daran, das
große Werk der Luftbahn in Scene zu setzen. Ungeheure
Mengen von Eisenteilen für die Seilbahnwagen,
Ausrückerschienen &c. lagen in den Magazinen, einer
ungeheuren Riesenschlange gleich das Seil selbst in einer
Länge von 3740 m, angefertigt aus besten
Tiegelgußstahldrähten.

Auf der Angerwiese erhebt sich bereits das erste Stützgerüst
aus massigen Holzblöcken, fertig montiert bis auf das noch
zu spannende Seil, angestaunt von den Leuten, die über die
Bedeutung sich nicht klar zu werden vermochten. Der
Vorbesitzer dieses von Ratschiller durch Pfahlers
Vermittelung gekauften Grundes bekundete die größte
Neugierde, denn es wollte ihm nicht einleuchten, daß ein so
schweres Holzgerüst zum Bau der Hochzeitsvilla nötig sei.
Als Angerer aber durch die Arbeiter der Cementfabrik
endlich doch den Zweck erfuhr, da wollte er protestieren,
denn er habe den Grund wohl zur Villa-Erbauung verkauft,
nicht aber zur Errichtung einer Teufelsbahn durch die Luft.
Natürlich erreichte der Mann mit dem Protest nichts,
verkauft bleibt verkauft, doch alarmierte sein Gezeter alsbald
die der Ratschillerschen Fabrik aufsässigen Straßenbauern,
die nun gegen das Projekt einer Luftbahn mobil machten,
und Gericht und Bezirkshauptmannschaft überliefen, um
mit verdutzten Gesichtern heimzukehren. Nichts zu
machen, alles in Ordnung, genehmigt, hieß es bei der

Behörde. Also darf Ratschiller unerhörterweise seinen Cement über die Köpfe der Menschheit hinweg durch die Luft herausbringen, er braucht die Straße nimmer und daher auch den Bauern nichts mehr für die Straßenbenutzung zu bezahlen. Der letztere Umstand wurmt die Bauern natürlich am meisten, und zornig rannten sie nun zur Konkurrenz Ratschillers, um bei dieser Rat zu erholen. Aber die Direktoren dieser Aktiencementfabrik gaben zur Antwort, daß jetzt nichts mehr zu wollen sei, Ratschiller wäre der Schlauere gewesen und künftig werde auch die Aktiencementfabrik sein Beispiel nachahmen und durch die Luft verfrachten, was bedeutend billiger komme als das Straßenfuhrwerk. Also nichts mehr zu wollen! Die Bauern mußten sich zufrieden geben, das heißt, ein Oppositionsmittel giebt es noch: der neuen Luftbahn allen Schaden und alles Unglück zu wünschen und das Verderben anzubeten.

Bis die Tracenführung erledigt, die Bauten für die Unterstützungen erstellt, für die Laufbahn alle Spannvorrichtungen und Verankerungen angebracht, die Stationen mit den Ausrückern und Telephonen versehen wurden, verflossen viele Wochen in emsigster Arbeit, doch die sächsischen Monteure wurden zur rechten Zeit fertig, das Riesenseil hing endlos, d.h. in sich geschlossen, mit vorgeschriebener Spannung und verbindet das Magazin am Bahnhof über Wiesen und Berg hinweg mit der Ratschillerschen Fabrik auf eine Entfernung von 3650 m durch die Luft. Dann wurden die eigens konstruierten Wagen für den Transport von Cement und Kohle im Seil angekuppelt, ebenso die sog. Mitnehmer, und endlich konnte angetrieben werden mit einer Kraft von elf Pferden.

Obwohl von einer feierlichen Eröffnung Abstand genommen war, wohnte die halbe Bevölkerung des Städtchens dem Schauspiel bei und besah staunend das

95

Werk der Luftbeförderung zunächst der leeren Eisenwagen hinauf zur schwindelerregenden Höhe und über das Gebirge hinweg.

Hundertpfund befand sich bei der Familie Ratschiller, welche anfangs die Drehscheibe im Magazin, um welche das Riesenseil sich drehte, besichtigte und dann sich zum Stützgerüst auf der Angerwiese begab. Hier hatten sich verschiedene Honoratioren mit ihren Damen des Städtchens aufgestellt, die aufmerksam den Erläuterungen des Ingenieurs vom Bleichertwerk lauschten. Insbesondere widmete der Richter Ehrenstraßer diesen Ausführungen volles Interesse, wie er das allen Neuerungen gegenüber that, um sein Wissen immer wieder zu erweitern.

Der Ingenieur erklärte zunächst die Tracenführung, wonach die Tragseile beim Bahnhof eine Seehöhe von 486 m haben; diese Höhe beträgt im Scheitel der Bahnstrecke bereits 856 m, um sich dann bei der Fabrik drinnen auf 538 m zu senken. Die Steigung der Drahtseilbahn schwankt zwischen Null und 580 pro mille, die horizontale Länge beträgt 3640 m. Das Wesentliche der Luftbahn besteht darin, daß die eigentliche Laufbahn der Wagen durch ein starkes ruhendes Stahldrahtseil gebildet wird, welches in eine seinem Querschnitt und dem Material entsprechende Spannung versetzt und in gewissen Entfernungen durch Unterstützungen getragen wird. Die Wagen sind derart am Tragseil aufgehängt, daß ihre tief ausgekehlten Laufräder auf dem Tragseil rollen, während das Wagengehänge seitlich von demselben und das zur Aufnahme der Güter bestimmte Gefäß unter demselben hängt und die Unterstützungen der Tragseile ungehindert passieren kann. Unter den Tragseilen und von den Wagen getragen befindet sich das endlose Zugseil, welches in gewissen Entfernungen durch den Kuppelapparat mit den Wagen verbunden und durch einen feststehenden Motor in Bewegung gesetzt wird, so daß

Zugseil und Wagen dieselbe Geschwindigkeit haben. Bei der Ankunft eines Wagens auf der Station wird diese Verbindung durch eine daselbst angebrachte Vorrichtung (den sog. Ausrücker) selbstthätig gelöst, und der Wagen kommt zum Stillstand, während sich das Zugseil weiterbewegt. Diese Seilbahn ist eine doppelgeleisige und für kontinuierlichen Betrieb eingerichtet, so daß sich auf dem stärkeren Tragseil immer die mit dem schwereren Cement beladenen Wagen von der Fabrik zum Bahnhof und gleichzeitig auf dem schwächeren Tragseil immer die mit Kohle beladenen oder leeren Wagen zur Fabrik zurückbewegen. Die eigentliche Laufbahn ist durch auf der freien Strecke angeordnete Verankerungen und Spannvorrichtungen in mehrere Abteilungen zerlegt, deren jede unabhängig von der anderen gespannt und dadurch möglichste Solidität der Laufbahn erreicht wird. Das stärkere Drahtseil hat einen Durchmesser von 32 mm und eine geringste Bruchbelastung von rund 33270 kg; es wird durch das angehängte Spanngewicht mit ca. 6600 kg, also ungefähr 1/5 der Bruchbelastung, gespannt. Das schwächere Tragseil hat einen Durchmesser von 26 mm und wird bei einer geringsten Bruchbelastung von ca. 21900 kg mit ca. 4300 kg, also ebenfalls höchstens 1/5 seiner Bruchbelastung, durch das angehängte Gewicht gespannt.

Auf den Stationen ist mit jedem Tragseil noch eine aufgehängte Schiene verbunden, die nach der Außenseite der Bahn abgebogen ist. Der vom Zugseil abgekuppelte Wagen wird durch einen Arbeiter vom Tragseil hinweg über die Schiene auf die Weiche geschoben. Auf jeder der beiden Endstationen sind diese Schienen derart angeordnet, daß die an das Tragseil der einen Bahnseite anschließende in diejenige, welche auf der anderen Bahnseite anschließt, übergeht, so daß der Wagen von dem einen Tragseil, die Weiche durchlaufend, auf das andere Tragseil gelangt.

Für Nebenweichen ist in der Weise gesorgt, daß nach Belieben ein einzelner Wagen aus der Reihenfolge herausgenommen oder außer Betrieb gestellt werden kann.

Das Zugseil hat 20 mm Durchmesser und eine Bruchbelastung von ca. 17300 kg; die im Zugseil vorkommende größte Spannung beträgt ca. 2100 kg, so daß es also ca. 8½fache Sicherheit bietet.

Bei gleichmäßiger Besetzung der Bahn mit Kohlen- und Cementwagen bei einer stündlichen Leistung von 36 Tonnen Kohle und 30 Faß Cement beträgt die erforderliche Betriebskraft ca. 6½ Pferdestärken; beim Anlassen der Bahn erhöht sich der Kraftbedarf auf ca. 11 Pferdestärken.

Die Drahtseilbahnwagen sind dauerhaft, ganz aus Eisen und Stahl hergestellt und die durch längeren Betrieb der Abnutzung unterworfenen Flächen mit patentierten Schmiervorrichtungen für konsistentes Öl versehen, welche einen sehr sparsamen Verbrauch bedingen. Die Laufräder sind aus bestem Tiegelgußstahl hergestellt, so daß sie selbst nach Jahren keine Abnutzung erleiden.

Besondere, hier wohl nicht zu erläuternde Vorrichtungen garantieren das Innehalten gewisser Entfernungen der einzelnen Wagen untereinander und zwar einen Abstand von 150 m von Wagen zu Wagen, ein Nachrutschen ist ebenso ausgeschlossen, wie eine größere Geschwindigkeit im Laufe eines einzelnen Wagens. Eine spezielle Einlaufbremse, die auf die Räder der Wagen automatisch wirkt, vermindert sowohl bei großem Gefäll wie beim Einlauf in die Stationen die Geschwindigkeit.

Hier unterbrach der sich für die geniale Anlage sehr interessierende Richter den Vortragenden mit der Frage. „Wieviel Personal ischt denn zur Bedienung dieser Seilbahn nötig?"

„Auf jeder Endstation und an jedem Ende einer Zwischenstation sind je 1-2 Mann erforderlich zum Zwecke des Ankuppelns der abgehenden Wagen sowie zum Auskuppeln und zur Schiebung auf die Weiche."

„Danke! Darf man noch fragen, wie sich die Leistung der Bahn gestaltet?"

„Sehr gerne zu Diensten! Die mittlere Geschwindigkeit der Wagen und somit des Zugseiles beträgt 1,25 m in der Sekunde und werden die Wagen in Entfernungen von 150 m angekuppelt und gehalten; sie folgen sich also im Zeitabschnitt von 120 Sekunden, so daß stündlich 30 Wagen auf der Endstation eintreffen. Da die Ladung der Wagen je 120 kg Kohle oder ein Faß Cement beträgt, so beziffert sich die stündliche Leistung der Drahtseilbahn auf 36 Tonnen Kohle bezw. 30 Faß Cement."

„Großartig erdacht und ausgeführt!" sagte der Richter, und meinte dann: „Es könnte sonach ein Mensch ohne besondere Gefährdung in einem solchen Wagen die lustige Fahrt mitmachen!"

„Dem Gewicht nach ohne Anstand! Doch wer nicht völlig schwindelfrei ist, soll das Wagnis lieber unterlassen. Natürlich müssen die Aufsichtsorgane zur Kontrolle der Seile zeitweilig die Strecke befahren und hierzu werden nur absolut schwindelfreie Seilbahnaufseher zur Verwendung kommen!"

„Wirklich interessant. Fast könnte einen die Lust anwandeln, eine solche Fahrt zu wagen!" erwiderte Ehrenstraßer und verfolgte scharfen Blickes die Wanderung durch die Luft. Inzwischen hatte Ratschiller sen. telephonisch den Befehl in die Fabrik geben lassen, es solle nun Cement geladen und herausbefördert werden.

Nach etwa einer halben Stunde erschien hoch oben am

Scheitelpunkt des Stadtberges das erste gelbe Faß im Wagen, dessen Fahrt mit allgemeiner Aufmerksamkeit verfolgt wurde.

Die Bauern standen mit offenem Mund und staunten. Nur der Angerer machte Bemerkungen, und als das Faß am Seil sich im Steilgehänge senkte, da rief er: „Aftn kimmt's ins Rutschen, sell hun i mir gleich 'denkt!"

Doch gehorsam, in vorschriftsmäßiger Entfernung und regelrechtem Tempo kam das Faß am Seil herab, durchlief die Rollen der Stützanlagen, und langte im Magazin an. Hinterdrein nun in 150 m Abständen Faß an Faß. Da zeterten der Angerer und im Chorus die Bauern: „Es wird alleweil schöner, jetzt können wir unsere Ross' aufhängen und uns dazu!"

Auf Einladung des Fabrikherrn begaben sich die Honoratioren zu einer „Jause" (Vesperbrot) in Ratschillers Wohnung. Der offerierte Imbiß wuchs sich aber in splendider Weise zu einem reichen kalten Büffet aus, und alsbald knallten die Propfen aus den rotbehelmten Heidsikflaschen.

Ein Hoch der Industrie!

Hundertpfund hatte geschickt operiert, um neben der älteren Tochter Josephine zu sitzen zu kommen, der er unverkennbar und ziemlich ungeniert huldigte. Und das Fräulein, um ein Jahr jünger als Franz, nahm die Aufmerksamkeiten des Fabrikleiters mit der Freude eines Mädchens, das endlich doch einen Werber bekommt, entgegen.

Die hübsche Doktorin merkte das augenblicklich und wechselte die Farbe. Nervös zuckten ihre Händchen, wirre Gedanken durchzuckten ihren zierlichen Kopf, ein wilder Schmerz peinigte sie, ihr ist, als sollte sie aufschreien, in wildem Haß auf den Mann stürzen, den sie geliebt, der jetzt ihrer überdrüssig, sich zu einer anderen wendet, und da es die Tochter des reichen Fabrikanten ist, zweifellos ernsthaft um deren Hand werben wird.

Ekel erfaßt die kleine Frau und in dieser Empfindung stößt sie das Sektglas so heftig zurück, daß es umstürzt und dessen Inhalt sich über das kostbar gestickte Tischtuch ergießt.

Verwundert fragte Ehrenstraßer, ihr Tischnachbar, was denn der gnädigen Frau fehle.

Jetzt erschrak die Doktorin, und ob des forschenden Blickes aus des Richters Augen verwirrt, stammelte sie eine nahezu sinnwidrige Entschuldigung, schützte Unwohlsein vor, und verließ das Ratschillerhaus.

Unwillkürlich sagte sich Ehrenstraßer, daß da etwas nicht in Ordnung sei, doch grübelte er nicht weiter darüber nach. Der alte Fabrikherr zeigte sich als der Fröhlichsten einer, das Gelingen des großen Unternehmens stimmte ihn zur Freude und Lust. Er hatte auf den Erbauer seiner Luftbahn bereits einen schwungvollen Toast ausgebracht, und eben schlug er wieder an sein Glas, und begann zu erzählen, wer eigentlich der Vater des ins Werk umgesetzten Gedankens sei.

Hundertpfund brach die Flüsterrede mit Fräulein Josephine ab, er erriet sogleich, daß der Chef ihm eine Ehrung erweisen will, und bescheiden senkte er den Kopf.

Richtig brachte Ratschiller sen. ein Hoch auf seinen Fabrikleiter aus, der den Gedanken zuerst ausgesprochen habe, also der geistige Veranlasser der neuen Unternehmung sei.

Hell klangen die Gläser zusammen.

IX.

Todmüde von langer Streifung war Gendarm Sittl ins Städtchen gekommen, müde zum Umfallen, doch gewissenhaft schleppte sich der wackere Mann noch zum Richter, um zu melden, daß der Deserteur Cajetan endlich gefunden worden sei.

Ehrenstraßer saß noch bei Lampenschein in der Kanzlei, als Sittl Rapport erstattete und unwillkürlich rief der Richter: „Endlich!"

„Zu Befehl, ja, Herr Bezirksrichter! Aber der Mann ist tot aufgefunden worden."

„Armer Teufel!" flüsterte Ehrenstraßer, und fügte dann laut bei. „Das weitere wird amtlich verfügt werden. Der Steckbrief und Haftbefehl ist erledigt! Gehen Sie nur gleich zur Ruhe, Sittl! Sie werden müde sein!"

„Zu Befehl, ja! Nur gestatten Herr Bezirksrichter die Frage, ob mit dem Tode des Cajetan auch jene Fluchtbegünstigung durch den Einödpater erledigt ischt?"

„Dem Pater dürfte zweifelsohne das nötige Bewußtsein einer straffälligen That gefehlt haben und dadurch entfällt jede weitere Verfolgung der Angelegenheit. Wir können diesen Fall als erledigt betrachten!"

„Zu Befehl! Geruhsame Nacht, Herr Bezirksrichter!"

„Gute Nacht, Sittl! Erholen Sie sich nur recht gut von der strapaziösen Patrouille!"

Bald nach dem Abgang des Gendarmen entfernte sich auch Ehrenstraßer aus dem Gerichtsgebäude in der Absicht, seine

103

Häuslichkeit aufzusuchen. Unterwegs traf er jedoch den Bezirksarzt, der ihn einlud, ein Dämmerschöpple im „Ochsen" mitzutrinken.

„Topp, es gilt! Bin sonst zwar kein Wirtshausverehrer, aber auf ein oder zwei Vierschtele Röthel soll es nicht ankommen!" erwiderte Ehrenstraßer.

Im Honoratiorenstübchen des „Ochsen"-Wirtshauses war eine kleine Tafelrunde von Beamten der Bezirkshauptmannschaft und des Gerichtes versammelt, welche die beiden eintretenden Herren freundlichst begrüßte und ihnen bereitwilligst Platz machte. Der Bezirkskommissar, ein lebhaftes Männchen, wendete sich sogleich an Ehrenstraßer mit der Bemerkung: „Herr Bezirksrichter kommen wie gerufen, um als unser bester Jurist eine heikle Frage zu entscheiden, über welche wir eben debattierten, ohne einen Ausweg finden zu können!"

Ehrenstraßer liebte nun das „Fachsimpeln" am Wirtshaustische absolut nicht, doch wollte er sich nicht vorneweg ablehnend verhalten und fragte daher höflich: „Welche Frage ischt das, meine Herren?"

Lebhaft sprach der Kommissar: „Die Frage lautet: Ischt Selbstmord strafbar?"

Aller Augen richteten sich erwartungsvoll auf den Richter, welcher ein spöttisches Lächeln nicht unterdrücken konnte.

Den Kommissar reizte dieses Lächeln der Überlegenheit und des Spottes, sofort zu sagen: „Die Frage ist durchaus nicht lächerlich! Der Selbstmord wird heutzutage nicht bestraft, weil ihn das Strafgesetzbuch nicht kennt. Es hat dies aber seine bedenklichen Konsequenzen. Es muß doch unnatürlich erscheinen, jemanden, der einen anderen, in einer vielleicht vorübergehenden widerlichen Lage Befindlichen zum Selbstmord bestimmt hat, vollständig straffrei zu lassen!"

„Jawohl! Wir möchten auch wissen, ob Selbstmord, streng genommen, strafbar sein müsse!" riefen einige Herren der Tafelrunde.

Ehrenstraßer erwiderte in der ihm eigenen Ruhe: „In solcher Form gestellt ischt diese Frage ein ebenso guter Witz, als wenn man fragt: Ischt Sterilität vererblich? Die Frage kann nur lauten: Ischt versuchter Selbstmord oder Beihilfe zum Selbstmord sträflich? Meines Wissens bestrafen nur England, Nordamerika und Ungarn den versuchten Selbstmord. Österreich aber nicht. Beihilfe zum Selbstmord, z.B. durch Verabreichung von Gift, dürften wohl alle civilisierten Staaten strafen, Österreich speziell als Übertretung der §§ 431 und 435, eventuell als Vergehen nach § 335 des Strafgesetzbuches. Wenn man mit Worten spielen wollte, ließe sich die gewaltsame Hinderung eines Selbstmordes allerdings als öffentliche Gewaltthätigkeit durch Beschränkung der persönlichen Freiheit auffassen, allein man darf nicht vergessen, daß ein Gesetz und Strafgesetz nicht ein Konglomerat von Worten und Sätzen, sondern ein auf einem wissenschaftlich aufgebauten einheitlichen System beruhendes Werk, resp. ein Teil eines solchen ischt, und daß nach jedem Strafgesetz nur das, was rechtswidrig ischt, und das öffentliche Wohl verletzt — bei Verbrechen überdies in höherem Grade — strafbar ischt. Das kann wohl von der Hinderung des Selbstmordes nicht behauptet werden!"

Die Absicht, durch diese sinngemäße Erklärung einer zwecklosen Wirtshausdebatte ein Ende zu machen, erzielte Ehrenstraßer nicht, im Gegenteil verbissen sich die Herren, Juristen wie Laien, förmlich in dieses Thema und brachten schließlich die monströse Behauptung fertig, daß eine Staatsanwaltschaft sich gegen die Strafprozeßordnung verfehle, wenn sie gegen Leute nicht einschreite, welche einen anderen mit Gewalt von einer Selbstmordshandlung zurückhalten, zu welcher derselbe berechtigt war.

Dem Richter ward dies zu bunt, kurz erwiderte er: „Das ischt Rabulistik!" trank aus, zahlte und ging.

Wider Willen beschäftigte Ehrenstraßer das Thema und zwar just in dem Augenblick, da er unter der Luftseilbahn der Ratschillerschen Cementfabrik hindurchschritt und das Knattern der Laufwagenräder beim Passieren des Stützbaues ihn aufmerksam machte. Die Gedanken bewegten sich dahin, daß eine Fahrt in einem solchen Wägelchen hoch in der Luft einem Selbstmord gleichkomme, sofern der Mitfahrende nicht absolut schwindelfrei und mit der Sache einigermaßen vertraut sei.

Wie Ehrenstraßer aber in die Nähe seiner Wohnung kam und trotz der späten Abendstunde seine Mädels lärmen hörte, war das Thema vergessen.

X.

Der nächste Tag im k. k. Bezirksgericht brachte das einmal in der Woche übliche Spezifikum des sogenannten „Amtstages" und damit eine Qual für den Richter, der an diesem Tage Advokat, Rechtslehrer, Notar, Vermittler, Rater und wo thunlich, Helfer sein muß. Es ist am bestimmten „Amtstag" jedermann gestattet, sein Anliegen dem Gerichtsvorstand vorzutragen, Ansuchen, Beschwerden &c. in Streitangelegenheiten und Strafsachen, sowie im „außerstreitigen Verfahren" (Erbschaften, Vormundschaftswesen und dergl.) kostenlos zu Protokoll zu geben. Dieß ist eine große Wohlthat für die Bevölkerung, die jeder Bauer bis in die entlegensten Einöden hinauf genau kennt und von welcher meist ausgiebiger Gebrauch gemacht wird. Zum Amtstag kommen alle, welche ein Anliegen bedrückt; zu Ehrenstraßer um so lieber, da dieser humane Richter in den Augen der Bevölkerung ein sogenannter „gemeiner Mann" ist, d.h. leutselig, warmfühlend und nicht hochfahrend, also ein Herz für die Bevölkerung hat. Ein Amtstag verlangt viel Lungenkraft vom Richter, der Auskunft und Belehrung meist doppelt und dreifach erteilen muß, bis der Bergbauer verstanden hat und zufriedengestellt ist. Des weiteren muß der Richter an solchen Tagen eine wahrhaftige Engelsgeduld haben, denn die Naivität des Bergvolkes ist groß und unausrottbar.

So frühe Ehrenstraßer auch in seiner Kanzlei erschienen war, es warteten bereits Leute auf den Beginn des „Amtstages" im Vorzimmer, und es fing der Richter die Amtshandlung an, bevor die Uhr die sonst übliche Beginnstunde anzeigte.

Perathoner ließ die zuerst erschienene Partei vor und aus

den Ladezetteln ersah Ehrenstraßer den Zweck sogleich.

Eine Näherin aus dem Mittelgebirge hatte die „mündliche"
Vorladung[5] eines Bauers gefordert, weil dieser sie öffentlich
als Hexe verschrieen habe.

Auf heute war nun der Sühneversuch angesetzt und
sowohl die Klägerin wie der Beklagte standen vor dem
Richter.

Der Bauer gab auf Vorhalt zu, das Weib als Hexe verschrieen
zu haben, weil die Näherin seiner Kuh einen bösen Blick
zugeworfen habe.

„Aber Jörgel! Ein Blick schadet doch nichts!" meinte
Ehrenstraßer.

„So meinst, Herr Tagrichter! Seit die Hex' im Haus war,
giebt meine Kuh keine Milch mehr, und es war eine so gut
milchende Kuh!"

Ehrenstraßer bemühte sich im Dialekt eine Zeitlang, derlei
Ansichten als puren Aberglauben hinzustellen und als
Unsinn zu erklären, doch der Bauer schüttelte nur den
dicken Kopf.

„So willst du das Schimpfwort nicht zurücknehmen,
Jörgel?"

„Nu (nein)!"

„Gut; es ischt solches Wort eine Beleidigung, und diese wird
bestraft. Der Jörgel wird daher fünf Gulden Strafe zahlen
müssen und zwar gleich da auf den Tisch!"

„Zahlen thu' ich nix!"

„Dann wirst halt auf drei Tag' eingelocht!"

„Sell möcht' ich mir decht ersparen!"

„So mußt du die Beleidigung zurücknehmen!"

„Muß ich dann nix zahlen?"

„Nein!"

„Ich nimm die „Hex'" z'ruck!"

Endlich hatte Ehrenstraßer die Leute so weit, daß die Näherin die Klage zurückzog und mit der Revokation zufrieden, sich entfernte. Der Bauer blieb aber in der Kanzlei stehen, so daß der Richter fragte, was denn noch gewünscht werde.

Jörgel rief gedämpften Tones: „Herr Gerichtshallunk![6] Ich will Euch nur sagen, *selles Mensch hat mir meine Kuh decht verhext!"* und sprang zur Thüre hinaus.

Auf das Klingelzeichen trat die zweite Partei[7] in die Kanzlei, eine Frauensperson in den dreißiger Jahren von nichts weniger denn begehrenswertem Äußern, die sich verbeugte und sogleich in medias res eingehend, zum Bezirksrichter sagte. *„Herr Scharfrichter, ich brauchet einen Kindesvater!"*

Ergraut in der Praxis, unterdrückte Ehrenstraßer das Lächeln und erwiderte. „Und den soll ich Euch wohl verschaffen, was?"

„Ja, gnä' Herr! Ich thät' schön bitten, *suchen's Ihnen den besseren aus von den Mannsbildern,* viere sind es! Der Seppele ischt aber der mindescht, der hat nix und kann auch nixn zahlen! *Sust* (sonst) *haben Sie aber die Wahl!* Ich bitt'!"

Vergeblich blieb alle Belehrung. Der Richter schickte die naive Person mit der Mahnung heim, es solle sich das Weibele die Sache derweil überlegen und selber wählen und dann in drei Wochen wiederkommen.

Kaum war die Person fort, brachte der Amtsdiener die eben eingelaufene Morgenpost in die Kanzlei, und erlaubte sich die Bemerkung. „Herr Bezirksrichter, ich glaub', dasmal ischt 'was Besonderes dabei!"

„Warum?"

„Weil ein Briefumschlag mit roter Tinte geschrieben ischt!"

„Schon gut, geben Sie her! Die nächste Partei soll warten, bis ich klingle!"

Während sich Perathoner entfernte, griff Ehrenstraßer, den doch die Neugierde etwas reizte, nach dem Brief mit roter Adresse. „Soll mich wundern, wenn das nicht mit einer Kindsangelegenheit zusammenhängt!" dachte der Richter, riß den Umschlag auf und suchte die Unterschrift. Richtig, anonym, Poststempel vom gestrigen, im Städtchen aufgegeben. Der mit roter Tinte geschriebene Brief hatte folgenden Wortlaut:[8]

„Bittgesuch!

an das löbliche k. k. Bezirksgericht.

Daß ich mir die Freiheit nehme, mein dringendes Bittgesuch an Sie zu richten, wollen Sie doch entschuldigen. Da ich ein lediges Frauenzimmer in bedrängten Vermögensverhältnissen bin, so wage ich es, meine Notlage an Sie zu melden und sollte es auch für mich Nutzen schaffen, für welche Zwecke ich es hauptsächlich unternehme, so werde ich dann, als jetzt nicht Unterzeichnete, mich bei Ihnen persönlich schuldig bedanken. Wie ich schon hörte, sind Sie ein guter Vertreter Ihrer Unterthanen und man weiß ja, daß *Sie der Vater aller ledigen Kinder im Bezirke sind*. Sie sind also auch ein guter Vertreter der ledigen Kinder, deren

110

Vaterpflicht oft entzogen ist und lobe deshalb Ihre gutmütige Vorsorge, daß Sie diese schon welche derzeit geboren, während Sie im Orte sind, hauptsächlich dessen Vater zu Ihrer Pflicht angehalten haben.

Da es aber noch viele ältere Kinder, welche derzeit von ihrem Vater sehr wenig oder noch gar nichts erhalten haben, zur Unterstützung für daß Fortkommen, so bitte ich deshalb gehorsamst, Ihre wohlwollende Gütte, möchten auch dieser Kinder Väter sammt Vormund einvernehmen, welche schon älter sind, da wohl etliche derselben noch keinen Vormund haben, und mit der Kindesmutter, auf welcher alle Sorge lastet, wird Mutwillen getrieben, so daß selbe oft selbst bereits nichts mehr anzuziehen hat, noch vielweniger das Kind. Wenn man dann was verlangt für das Kind, so giebt es alle möglichen Ausreden, wenn z.B. das Kind und dessen Kind anderer Glaubens-Confesion ist, als der Vater, so heißt es, mußt mir halt das Kind lassen, sonst zahl' ich nichts, wenn schon dann auch auf das Kind schlecht geschaut wird beim Vater, — oder kannst thun was du willst, es gehört nicht mein, trotzdem oft im Mindesten kein Zweifel noch Ursach' wäre, über die Gewißheit der Vaterschaft, oder — ein Bauernsohn kann nichts geben, weil er bei der Militär ist, obschon die Interessen vom väterlichen Erbteil völlig wären, kurz und gut, wenn oft sonst keine Ausrede ist, so heißt es, mußt mich halt anzeigen, was ich nicht zu fürchten habe, überhaupt wenn einer schon mehrere Kinder hat, weil ich selbst nicht habe, obschon sie es im Vorhinein nicht sagen, das sie nichts haben. Da heißt es noch oft, so und so viel

111

hab' ich Vermögen und das und jenes bekommst du von mir oder ich werde dich heirathen und die einfältigen Frauenzimmer lassen sich so unbewußt oft bethören, oder wie schon vorkommen ischt, daß einer ein Geld von etlichen hundert Gulden hatte in der Sparkasse, und wie er für seine fünfte Kindsmutter sämtliche Kosten zu zahlen hatte, behob er vorläufig den Betrag von der Sparkasse, verschwändete den größten Teil davon selbst und das andere lieh er sammt Schuldschein Jemanden und sagt nicht wem, ohne für die Kinder was anzuwenden.

Jetzt gute Herren habe ich erwähnt in diesen Bittgesuch für mich und im Namen aller Betrefenden wie es so häufig unter den gewissenlosen Leuten vorkommt und wird noch einmal gebeten um Anordnung und Einvernehmung der Persohnen für Kinder, welche schon früher geborhen worden, da Sie noch nicht in der Stadt waren, so wird Ihre Güte viel Dank erwerben. Insbesondere bitte ich, das Sie, Herr Bezirksrichter und Kindsvater, sich um mich und mein zwölfjähriges Dirndl vor Gericht annähmen, weil ich mich schenihre des Weiteren, so möchten Sie die Sache kriminalisch doch ohne Angabe meines Nahmens und Wohnortes betreiben. Sind Sie doch so wohl!

Hochachtungsvol und auf Ihre Gütte hoffend

zeichnet

N. N."

Ehrenstraßer lachte, daß ihn die Thränen in die Augen kamen. „Vater aller ledigen Kinder im ganzen Bezirk', das ischt ausgezeichnet! Da muß ich doch recherchieren lassen, wer die Absenderin dieses famosen Briefes ischt! Helfen soll ich, aber die Verfasserin des Bittgesuches wünscht unbekannt zu bleiben. Ein Kunststück, solche Hilfe! Ja, das Bergvolk!"

Wieder ruhig geworden, klingelte Ehrenstraßer und abermals trat ein Paar ein, eine Weibsperson von etlichen 40 Jahren und ein Mann, den ersichtlich die Jugend nicht mehr plagte. Das Weib begann sogleich über die schlechten Zeiten zu jammern, über Not und Teuerung und Geldmangel.

„Schön! Und was hat der Mann auf dem Herzen?" fragte der Richter.

„Herr Tagrichter! Ich kann's beschwören, daß ich nix hab' und nix zahlen kann!"

„Also wieder die leidige Sache einer Alimentierung! Seid doch gescheit, Leute, und macht solcher Geschichte durch Heirat ein Ende!"

Unisono rief das Paar: *„Sell sind wir ja eh* (ohnehin)!"

Nun vermochte Ehrenstraßer doch seine Überraschung nicht zu verbergen und rief. „Na, also! Wenn ihr ein kirchlich getrautes Paar seid, was wollt ihr denn dann vor Gericht?"

Der Mann stammelte beklommen: „Mit Verlaub, Herr Richter! *Verheiratet sind wir schon, aber jedes mit einem anderen!"*

Um nicht laut auslachen zu müssen, biß sich Ehrenstraßer auf die Lippen und winkte den Leuten, sich zu entfernen.

Die nächste Partei war eine Bergbäuerin, die ächzend einen Korb in die Kanzlei schleppte, ihn vor dem Gerichtstisch niederstellte und über den weiten Weg zu jammern begann.

„Willst du klagen, Weibets?"

„Freilich, Herr Rat! Der Weg ischt soviel schlecht aus 'm Graben ausser (heraus)!"

„Ich meine, ob du gegen jemand in einer Streitsache klagen willst?"

„Ah so wohl! Freilich!"

„Wie heißt du, Bäuerin?"

Das Weib strich die Kittelfalte glatt und schwieg.

„Wie schreibst dich denn, Weibets?"

„I kann nit schreiben!"

Mit Engelsgeduld fragte Ehrenstraßer abermals nach dem Begehren. Jetzt stand die Bäuerin auf, öffnete den Korbdeckel und sagte: „Ich thät schön bitten, Herr Rat, es san die ersten — *kaufen S' mir den Korb schöne Kerschen* (Kirschen) *ab!*"

Was wollte der Richter machen! Er läutete, der Amtsdiener führte die Bäuerin hinaus und bedeutete ihr, daß das Hausieren bei Gericht verboten sei.

Die Uhr zeigte gegen zwölf, da trollte noch ein Bauer herein, der sich beim Eintritt in die Kanzlei bekreuzte, eine Kniebeugung wie vor dem Allerheiligsten im Hochaltar der Kirche machte und dann um geneigtes Gehör bat.

„Red' nur von der Leber weg!"

„Mit Verlaub, gnä' Herr! *Ich möcht' klagen, weil meine Alte ein furchtbares Maul hat!*"

„Was?" rief Ehrenstraßer vor Überraschung.

„Wohl, wohl, es ischt schun so! Das Weib schimpft von früh

114

bis spat, ich kann der Alten gar nichts mehr recht machen!"

„Ischt denn dein Weib so eifersüchtig? Oder hast du dein Eheweib etwa vernachlässigt?"

„Na, na, keinen Schein davon!"

„Was thust du denn, wenn das Weib schimpft?"

„Aftn (hernach) schimpf ich ô!"

„So! Da kann ich dir nur raten. Thue so, als wenn du torret (taub) wärest! Je ärger das Weib schimpft, desto freundlicher mußt du sein. Deine Alte will dich wohl bloß in Zorn bringen. Gelingt ihr das nimmer, so hört sie schon zu schimpfen auf!"

Der Bauer stand perplex, mit weit offenstehendem Mund. Dreimal wiederholte Ehrenstraßer seine Meinung, erst zum viertenmale verstand der Bauer so viel, daß er sein Weib „extrig guet" behandeln solle. Darob schüttelte der Bergler den Kopf, bekreuzte sich wieder, offenbar aus höchstem Respekt vor Kanzlei und Richter und entfernte sich.

Der Richter aber rief ins Vorzimmer hinaus, daß jetzt Pause bis drei Uhr nachmittags gemacht werde, die Parteien also um diese Zeit sich wieder einfinden sollen. Dann ging Ehrenstraßer heim zu Tisch.

Die Wiederaufnahme des Dienstes am Nachmittag brachte schon in der ersten Partei, die Ehrenstraßer persönlich bekannt ist, eine ergötzliche Scene. Der Grillhofer aus einem Orte, der gut vier Stunden vom Städtchen entfernt ist, bat um die Erlaubnis, seinem Herzen Luft machen zu dürfen.

Solche Einleitung kennt der Richter aus Erfahrung als sehr gefährlich in Bezug auf epische Breite, und seufzend winkt er.

Mit entsetzlicher Weitschweifigkeit schilderte Grillhofer die Situation daheim, die von ihm und einem Nachbar gemeinsam zu benutzende Brücke, die Hecheleien gegenseitig &c. Zweimal habe der Nachbar nun schon die Brücke dadurch unfahrbar gemacht, daß er Bäume aus derselben herausgezogen und in den Bach geworfen habe.

Grillhofer machte eine Schnaufpause, die der Richter geschickt benutzte zur Frage: „Mit welcher Klage willst du den Gegner belangen?"

„Sell müßt Ihr schon wissen, Ihr seid ja der kaiserliche Richter!"

„Na, wenn es dir recht ischt, werde ich den Gegner wegen Besitzstörung vorladen zum nächsten Amtstag!"

„Das ischt mir schon recht!"

Nun füllte Ehrenstraßer flink einen Vorladezettel zum nächsten Amtstag aus und wollte denselben Grillhofer einhändigen behufs Übergabe an den Nachbar.

„Ich dank'! Aber wie ischt es mit dem Wiederkemmen (kommen)?"

„Wenn die Sache zum Austrag kommen soll, ischt beiderseitiges Erscheinen zweckfördernd!"

„Also müßt' ich in acht Tagen wiederkemmen?"

„Freilich!"

„Na, so ischt es nicht gemeint! *Ich wollt' Enk* (Ihnen) *nur sagen, was für ein boshafter Mensch mein Nachbar ischt! Helfen thu' ich mir schon selm* (selber)! Grüß Gott, Herr!" Und weg war der Bauer.

Ehrenstraßer atmete auf und ließ die nächste Partei vor, einen Salinenarbeiter, der in einer wahren Zerknirschung hereinschlich und leise zu sprechen begann, daß der Richter rief: „Red' er lauter, ich versteh' kein Wort!" Der Mann zuckte zusammen und blickte hilflos um sich.

„Will Er klagen?"

Der Arbeiter schüttelte den Kopf.

„Braucht Er einen Ratschlag?"

„Ja!"

„In welcher Angelegenheit?"

Leise sprach der Salinenarbeiter: „Das — Wählen — ischt — so — viel — schwer!"

„Das Wählen? Ja so, wir stehen ja vor der Wahl zum Reichsrat! Da soll ich, der Richter, dir wohl gar sagen, wen du wählen sollst?"

„Sein thuet's a Elend mit 'm Wählen!"

„Mensch! Die Wahl ischt ja geheim! Es erfährt ja niemand, wen du gewählt hascht!"

„Schun! Aber ich hab' halt decht Ängsten!"

„Unbegreiflich! Der Wahlzettel wird ja zugebogen in die Urne gegeben. Kein Mensch kann wissen, welcher Name darauf steht!"

„Kann sein, kann aber auch nicht sein! Die Sach' ischt elend gefährlich!"

„Wieso denn?"

„Ja, schauen S', Herr Tagrichter! Gieb' ich meine Stimm' einem Liberalen, *so verlier' ich meine Pension als Salinenarbeiter!*"

„Heiliger Gott, welche Einfalt!" schrie Ehrenstraßer.

117

„Sehen S', Herr kaiserlicher Gerichtshof, Sie sagen jetzt selber, die Sach' ischt gefährlich!"

„O sancta simplicitas!"

„Ich bitt', reden S' um Gotteswillen nicht in einer fremden Sprach', mich thät's gleich umbringen."

„Bischt du denn ein Liberaler?"

„Was ischt dös?"

„Mein Lieber, für dich ischt das Beschte, du legst dich am Wahltag ins Bett und sagst, du bischt marod! Auf diese Weis' behaltest wenigstens ganz gewiß deine — Pension!"

„Bin ich aber jetzt froh! Ich hab' mir's gleich gedenkt, es ischt a Elend mit 'm Liberalismus! Ich dank' halt recht schön, Herr Richter! Und wählen thu' i' nimmer! Es ischt viel zu gefährlich! Grüß Gott!"

Ehrenstraßer mußte sich setzen, die Beine versagten den Dienst und herzlich klang das Lachen über solche Naivität, die man nicht für möglich halten sollte.

Eine Partei zum Amtstag war nicht mehr vorhanden, das Vorzimmer leer. Schon wollte sich der ausatmende Richter daranmachen, einen Akt in Angriff zu nehmen, da wurden draußen Stimmen laut und deutlich konnte Ehrenstraßer den Amtsdiener schimpfen hören, daß die Vorladung auf den morgigen Tag laute und man sich daher zu entfernen habe.

Das gute Herz, das Mitleid des Richters für Leute, die vielleicht einen vielstündigen Weg zurückgelegt haben, siegte, Ehrenstraßer öffnete die Thüre und fragte, was denn los sei.

„Ich bitt', Herr Bezirksrichter!" erwiderte der Amtsdiener.

„Der Maroner ischt erst auf morgen in Grundbuchsachen vorgeladen!"

Scheu und verlegen stand genannter Einschichtbauer mit einem großen, in der Mitte abgebundenen Sack an der Thüre.

Ehrenstraßer stieg eine Ahnung auf, daß dieser Bauer wahrscheinlich nicht lesen könnte, auf gut Glück zu Gericht kam und weiß Gott welche Schriften mitbringe zufolge der ergangenen Aufforderung an alle Grundbesitzer, ihre Urkunden, Schirmbriefe, Kaufverträge, Servitutsverbriefungen &c. zu Gerichte einzuliefern.

„Na, weil du einmal da bischt und sonst keine Tagpartei mehr anwesend ischt, will ich dich vornehmen, Maroner! Komm mit deinem Sack herein!"

Höchlich zufrieden trägt der Bauer seinen Sack in die Kanzlei des Richters und spricht: „Da bin i, 's hat g'hoaßen, i sull alle meene G'schriften mitbringen und da hun i alles mitbracht!" Wohlgefällig streichelte Maroner den Sack und auf Geheiß öffnete er denselben.

Was Ehrenstraßer befürchtete, sollte sich bewahrheiten: Der Bauer hat die Aufforderung völlig mißverstanden und nichts als Käsezettel und schriftliche Aufzeichnungen über verkauftes Vieh und Holz zu Gericht gebracht. Nicht eine der benötigten Urkunden &c. war im Sack.

„Geduld verlaß mich nicht!" seufzte der Richter, nahm die Grundbuchsmappe und zeigte dem verdutzten Bauer das ihn betreffende Blatt. „Da schau her, Maroner, ischt dein Besitztum da wohl richtig angegeben? Das sind die dir gehörigen Parzellen, und was Wiesen sind, ischt grün gefarbelt. Verstehst?"

Freudig antwortete Maroner: *„Ischt wuhl schön!"*

119

„Paß auf! Es handelt sich nicht darum, ob die Mappe schön ischt, sondern darum, ob deine Grundstücke richtig eingezeichnet sind!"

„Meine Grundstück' sind daham, die lass' ich mir nit wegschleppen!"

„Kannst du lesen und schreiben?"

„Nu (nein)!"

„Also weißt du auch nicht, daß jeder Bauer, welcher nicht lesen und nicht schreiben kann, verpflichtet wurde, einen mit solchen Kenntnissen ausgerüsteten Vertrauensmann zu Gericht mitzubringen?"

„Der Vorsteher hat dergleichen daher geredet und mein Nachbar ischt woltern mitgegangen. Er steht unten am Haus und 'traut sich nit einer (herein)!"

„Hol' ihn herauf!"

Nach wenigen Minuten stand auch dieser Nachbar in der Gerichtsstube, scheu und ängstlich.

Wieder zeigte Ehrenstraßer die Grundbuchmappe, welche der Nachbar sofort als „sehr schön" bezeichnete und bewunderte.

Die Vermutung, abermals einen Analphabeten vor sich zu haben, erwies sich als richtig, und so blieb dem Richter nichts anderes übrig, als einen neuen Termin anzuberaumen, und dem Bauern einen Ladezettel für den Vorsteher mitzugeben, auf daß doch der Bauernbürgermeister als Vertrauensmann mithelfe bei Fixierung der Grundbesitzverhältnisse im Grundbuch.

Die Bauern wurden entlassen, gingen aber nicht.

„Was wollt ihr denn noch?"

Maroner trat vor und sprach. „Ich thät' schön bitten! Wie ischt's mit der — *Zeugengebühr?*"

„Hinaus!" donnerte der Richter.

Erschreckt ergriffen die Bauern nun die Flucht.

XI.

Ratschiller sen. steht totenbleich am Telephonapparat und zittert vor Schrecken. Kaum vermag er Antwort zu geben auf die Anfrage des Fabrikleiters, wo neue Sprengungen vorgenommen werden sollen. Heiseren Tones spricht Ratschiller auf die Membrane: „Sie haben doch kürzlich gemeldet, daß im Eibenberg ein großes Mergellager offen gelegt wurde!"

Hundertpfund telefonierte zurück: „Das wohl, Herr Chef! So lautete die Meldung des Sprengpaliers in der ersten Aufregung. Ich habe kurz darauf nachgesehen und Sie angerufen, konnte aber keine Antwort von Ihnen erhalten, weil vermutlich das Hörrohr an Ihrem Apparat ausgeschaltet war."

„Was wollten Sie melden?"

„Dasselbe, was ich soeben zur Kenntnis gebracht: Die erste Meldung war unliebsame Übertreibung, sie muß leider bedeutend reduziert werden. Der Eibenberg erscheint mir erschöpft, zum mindesten haben wir ohne besondere Sprengversuche in absehbarer Zeit keinen Stein mehr zu brennen. Ich frage daher, ob kostspielige neue Sprengungen am Eibenberge vorgenommen werden sollen oder ob wir einen anderen Ihnen gehörigen Berg anbrechen sollen. Im letzteren Falle würde ich um Angabe des betreffenden Terrains bitten!"

„Allmächtiger Gott!" jammerte der Fabrikherr.

„Ist Ihnen nicht wohl, Herr Chef?"

„Warum haben Sie mir nicht schon früher diese Meldung erstattet? Sie waren doch kurz darauf bei uns zur

Verlobungsfeier!"

„Da war doch nicht die passende Gelegenheit, um solche Hiobspost vorzubringen! Bitte, was soll geschehen?"

„Lassen Sie am Eibenberg tiefer bohren und sprengen, es muß sich Mergel vorfinden. Das Gutachten lautet auf bedeutende Mergellager. Ich werde sobald als möglich selbst hinauskommen. Schluß!"

Mechanisch drehte Ratschiller die Kurbel und brachte den Fernsprecher in Ordnung. Dann aber wankte der Fabrikherr zu seinem Sorgenstuhl, in den er sich ächzend fallen ließ. Das Schlimmste, was einer Cementfabrik passieren kann, steht bevor. Mergelmangel! Und das in jenem Berg, der für schweres Geld gekauft wurde und die größte Ausbeute versprach. Sind die übrigen Terrainerwerbungen gleichfalls mergeltaub, so ist die Fabrik ruiniert, alles verloren.

Die schlimmen Träume, jene entsetzlichen Ahnungen kamen Ratschiller wieder in Erinnerung, in greifbare Nähe ist die Katastrophe gerückt. Und da soll noch Hochzeit gehalten werden!

Völlig verzweifelt holte der Fabrikherr wieder die Mappen hervor, um in den Katasterblättern und Besitzverzeichnissen nachzuschlagen. Kann ein Rechnungsfehler, ein Irrtum des Vermessungsbeamten von solch entsetzlichen Folgen möglich sein? Kann sich ein Bergingenieur so gräßlich irren? Der Eibenberg in seiner für die Fabrikanlage so überaus günstigen Situierung mergellos, das ist entsetzlich; mögen die übrigen angekauften Berge auch Brennstein enthalten, sie liegen zu weit entfernt, der Bruchstein müßte per Achse zur Fabrik geschafft, Bauernstraßen benutzt werden, und das ist seit Existenz der Luftseilbahn geradezu ausgeschlossen, die erbosten Bauern werden die Straßenbenutzung jetzt erst recht verweigern und die

Fabrik muß den Betrieb einstellen.

Zitternd raffte Ratschiller die Papiere zusammen und verschloß sie im Panzerschrank. Dann arbeitete und hantierte er längere Zeit in den Schiebefächern seines Pultes. Bleichen Antlitzes verließ er hierauf die Geschäftsstube, um sich zur Fabrik zu begeben.

Unermüdlich bringt die Seilbahn durch die Luft die Cementfässer zum Magazin am Bahnhof und von da führen die kleinen Wagen die Grieskohle wieder zurück zur Fabrik. Die Anlage bewährt sich ausgezeichnet, der Betrieb funktioniert tadellos. Man hätte das Werk nicht besser inscenieren können. Ratschiller seufzte, sein Auge folgte den Fässern durch die Luft. Welches frohe Gefühl hat diese Anlage schon in ihm erweckt, doch mit welcher Bitterkeit betrachtet er die Luftbahn jetzt! Was nützt das prächtige Werk, wenn die Fabrik infolge Steinmangels wird stille stehen müssen! Wie konnte sich der Bergingenieur nur so fürchterlich irren! Der Eibenberg mergellos! Eine Riesensumme ist dadurch verloren!

In der staubigen und qualmigen Fabrik angelangt, suchte Ratschiller seinen Fabrikleiter auf, mit welchem er alsbald den Steinbruch am Eibenberge besichtigte. Ein trostloser Anblick für einen Cementmenschen, der Mergel braucht und nur wertlosen Schutt erblickt.

Hundertpfund erstattet Bericht über die inzwischen vorgenommenen Bohrversuche. Die Bohreisen gingen so leicht ins Bergesinnere, daß das Fehlen des Gesteins ganz zweifellos sein muß.

„Wie tief ischt gebohrt?"

„Etwas über vier Meter, Herr Chef!"

„Da bestünde noch eine Möglichkeit, daß sich in größerer

Tiefe Mergel eingesprengt vorfindet. Geht es nicht im Schachtwege, so treiben wir Stollen, und sprengen!"

„Wie Sie befehlen! Nur dürfte der Stollenbetrieb ungleich teurer kommen!"

Ratschiller seufzte, sagte aber dann, es müsse alles versucht werden.

Um eine Probe in der Tiefe von vier Metern vorzunehmen, ließ der Chef am Eibenberge mit Janit sprengen. In gesicherter Entfernung wartete man den Sprengschuß ab. Während der Vorbereitungen hierzu hatte Ratschiller genügend Zeit, Umschau nach den ihm gehörigen Grundstücken und Bergen zu halten. Ein stattlicher Besitz, wenn ihr Inneres den benötigten Stein birgt. Wertlos freilich, wenn sich diese Voraussetzung nicht erfüllt. Da würde sich Wiesenwirtschaft noch besser lohnen als Abbau auf Cement.

Kann es möglich sein, daß die ganze Berggegend keinen Mergel hat, trotz der genauen Untersuchungen? Bisher konnte doch ganz flott Portlandcement erzeugt werden. Und jetzt auf einmal Mangel des Wichtigsten, der Existenzbedingung für eine Cementfabrik!

Eine gewaltige Explosion unterbrach den Gedankengang des gequälten Fabrikherrn. Eine ungeheure Wolke von Staub und Schutt stieg auf, knatternd und brausend, Steine flogen nach allen Seiten.

„Stein, Stein!" wollte Ratschiller aufjubeln und hastig lief er in die Richtung, wo Steine niedergefallen waren. Doch auf den ersten Blick erkannte der Fachmann wertlosen Kalkstein, Marmorbruchteile, keine Spur vom heißersehnten Mergel.

Der Fabrikherr empfand einen bohrenden Stich im Herzen,

ihm ist, als soll er niedersinken vor Schmerz. Dennoch rafft er sich auf und steigt zur Sprengstelle, die ein klaffendes riesiges Loch aufweist, doch kein offengelegtes Gestein. Ein trostloser Anblick für den Cementmann.

Hundertpfund starrt gleichfalls betrübt in das Riesenloch und trostlos klingt seine Frage. „Sollen wir wirklich im Stollenbau weitere Versuche machen?"

„Wir müssen! Doch hab ich selbst jetzt keine Hoffnung mehr! Lassen Sie aber gleichzeitig im Halberge bohren und sprengen."

Ratschiller erledigte im Fabrikgebäude noch einige Geschäfte, so müde und niedergeschlagen er sich auch fühlte.

Unterdessen war es Abend und dunkel geworden. Der Chef entschloß sich zur Heimwanderung und zwar über den Bergsattel, wiewohl Hundertpfund davon abriet, denn der Weg sei steinig, die Brücke über den Bergbach in schlechtem Zustand.

„Ach was, Unsinn! Wie oft in meinem Leben bin ich doch schon über den Sattel gegangen!" rief Ratschiller aus.

„Dann möchte ich noch sagen, es ist in letzter Zeit ein herabgekommenes Individuum hier in der Gegend gesehen worden, dessen Herumschleichen mir verdächtig erschien. Erst gestern abend sah ich den zweifelhaften Burschen beim Schnaps oben am Eibenberg-Wirtshaus hocken, gemieden selbst vom schlechtesten unserer Arbeiter. Wenn Sie erlauben, will ich Sie bis zur Sattelschneide oder zur Kapelle auf der anderen Seite begleiten."

„Sie wollen mich wohl gruseln machen? Ich danke! Seit reichlich zwanzig Jahren gehe ich den einsamen Weg und noch niemals ischt etwas, auch nicht das Geringste passiert!

Und dann bin ich immer noch Mann und stark genug, um es mit jedem Strolch aufzunehmen. Nein, nein, verschimpfieren Sie mir unser ehrliches Tirolerland nicht! Ein Raubanfall in Tirol? Unsinn! Schier könnte ich das als Beleidigung auffassen! Sie sind kein Tiroler, deshalb glauben Sie an eine solche undenkbare Möglichkeit! Gute Nacht!"

Langsam entfernte sich Ratschiller und schritt längs der Gebäulichkeiten dem Pfad zu, der in vielfachen Windungen auswärts dem waldigen Sattel zuführt. Da es nun sehr rasch dunkelte, konnte der Fabrikleiter den Aufstieg seines Chefs nicht weiter verfolgen. Achselzuckend begab sich Hundertpfund ins Gebäude, um für die Nachtschicht, sowie für morgen vorzunehmende Sprengungen Anordnungen zu treffen.

Die Seilbahn wurde außer Betrieb gesetzt über die Nacht. Die Brennöfen qualmten und sandten ihre brenzlichen Wolken zum nächtlichen Himmel. Wie lange noch?

Diese Frage fing für Hundertpfund gleichfalls an, bedeutungsvoll zu werden und seine Gedanken nahmen eine Richtung, die auf Erwerb einer neuen, sicheren Stellung hinausliefen. Hat Ratschiller keinen Stein mehr, so wird für den Fabrikleiter Fräulein Josephine auch bedeutungslos.

———————————————

XII.

Ratschillers erwarteten das Familienoberhaupt zu Tische am
Abend. Fräulein Emmy, die Braut des glücklichen Franz,
weilte im Hause und ließ sich gern bestimmen, zur
Abendmahlzeit zu bleiben.

Während das Brautpaar zärtlich plauderte und koste, deckte
Josephine den Tisch, und Frau Ratschiller die würdige
Matrone stand an einem Fenster, das einen Blick auf den
vom Sattel herabführenden Feldweg gestattete. In der
Dämmerung ist freilich nicht viel mehr zu sehen. Eine
bängliche Unruhe erfaßte die alte Dame, welche sie sich
nicht zu erklären vermochte. Sollte dem Papa Ratschiller ein
Unglück zugestoßen sein?

In ihrer Sorge trat die alte Frau vom Fenster zurück und
wie sie in den Lichtkreis kam, den die hellbrennende
Hängelampe ausstrahlte, fiel es Josephinen auf, daß Mama
entsetzlich bleich sei.

„Was ist dir, Mama?" rief die Tochter und eilte bestürzt
herbei. Die Matrone sprach fast ächzend: „Ich weiß nicht —
mir ischt so bang! Franz, spring' hinunter ans Telephon
und frage, wann Papa von der Fabrik weggegangen ischt.
So spät kam er noch niemals nach Hause!"

„Gleich, Mama! Doch beruhige dich! Vielleicht hat man
gesprengt und Papa wird sich länger als sonst verhalten
haben!" Eilig ging der junge Herr hinunter und sperrte die
Komptoirräumlichkeiten auf, um zum Telephon in Papas
Arbeitszimmer zu gelangen. Lange dauerte es, bis sich am
Fernsprecher in der Fabrik jemand meldete und
Hundertpfund Bescheid gab, daß Herr Ratschiller sen.
längst die Fabrik verlassen und sich über den Sattel nach

Hause begeben habe.

Ob dieser Meldung wurde nun auch Franz besorgt. Hastig begab er sich in die Wohnung hinauf, erstattete der Mutter Bericht und eilte dann fort, dem Vater auf dem Feldweg entgegen zu gehen. Die Angst im Kreise der Familie wuchs, je länger nun auch Franz verblieb, der bis an den Fuß des Berges lief und ohne Ratschiller zurückeilte.

In der Nähe des „Ochsengasthauses" fiel Franz ein, daß Papa sich vielleicht bei einem Glase Wein in der Wirtschaft stärke und schnell fragte Ratschiller jun. dort nach.

Der Vater ist nicht anwesend, auch von niemandem gesehen worden. Ob Franzens Bestürzung wurde der als Gast in der Wirtschaft anwesende Gendarmeriewachtmeister aufmerksam und sogleich erkundigte sich derselbe, ob etwas passiert sei.

„Der Vater ischt von der Fabrik weg und nicht heimgekehrt! Wir sind in Sorge! Mama befürchtet ein Unglück!" erwiderte Franz.

„Wissen Sie, auf welchem Wege Herr Ratschiller nach Hause gehen wollte?"

„Laut telephonischer Mitteilung des Fabrikleiters ischt der Vater über den Sattel heim!"

„Waren Sie im Berg schon suchen?"

„Nur bis zum Fuß des Sattels bin ich gelaufen, fand aber nichts!"

„So wollen wir doch vollends bis zur Sattelhöhe nachforschen. Kommen Sie mit?" fragte der Gendarm und Franz erklärte sich sogleich bereit. Der Wirt lieh eine Laterne, welche der Wachmeister für alle Fälle mitnahm.

129

Im Laufschritt begaben sich beide über die Wiesen zum dichtbestockten Bergwald und stiegen, nachdem das Laternenlicht angesteckt war, langsam und forschend ausblickend, den dunklen Pfad hinan.

Unheimlich rauschte es im finsteren Walde und von ferne her donnerte der Fall des Bergbaches.

Franz empfindet eine wahre Todesangst, ihm ist, als sollte die nächste Viertelstunde etwas Entsetzliches bringen.

Stumm und stetig steigen beide den steinigen Weg hinan. Sorgsam leuchtet der diensterfahrene Wachtmeister zum Steilhang und die Böschung hinunter, sein Adlerauge ist bemüht, das Bett des unten tosenden wasserreichen Baches zu durchforschen. Findet sich auf dem Wege kein Anzeichen, so müssen das Bachbett und seine Ufer auf dem Rückmarsch noch besonders abgesucht werden.

Die Wanderer gelangten zur Brücke, die über den hier stark fallenden Bach führt. Kaum fiel der Laternenschein auf diese morsche Brücke, da schrie Franz vor Entsetzen auf. Dort liegt ein Menschenkörper...

Der Wachtmeister leuchtet vollends heran: Kein Zweifel, der Fabrikherr liegt hier in seinem Blute, tot, und wahrscheinlich ausgeraubt.

Vor Schrecken und Entsetzen sank Franz in die Knie, so daß der Wachtmeister ihm fürs erste beistehen mußte. Dann begann der Mann aber seines Amtes zu walten. Beim Schein der Laterne konnte auf den ersten Blick konstatiert werden, daß Ratschiller sen., der auf dem Gesichte lag, eine Schußwunde hinter dem rechten Ohr hat und daß am Knopfloch der ausgerissenen Weste der Befestigungsring der Kette noch vorhanden ist, die Kette selbst aber abgerissen worden sein mußte. Die Leiche war bereits kalt.

Franz jammerte in fassungslosem Schmerz.

Der Wachtmeister war erschüttert von solcher gänzlich unerwarteten Katastrophe, doch ging er streng dienstlich vor und beauftragte den jungen Ratschiller, zurückzueilen, dem Bezirksrichter Meldung zu erstatten und Träger mit einer Bahre herauszubringen.

Franz wankte den Steilpfad in der Finsternis hinunter...

Im schaurigen Bergwald hielt unterdessen der Wachtmeister an der Leiche des Ermordeten die Totenwache.

Über eine starke Stunde dauerte dieses Warten, dann vernahm das scharfe Ohr des Gendarmen Stimmen im Walde, das Geräusch von Schritten und knirschenden Steinchen.

Es ist die Gerichtskommission mit Ehrenstraßer an der Spitze und vier Träger mit der Bahre und Laternen. Franz folgte totenbleich und verstört hinterdrein.

Ehrenstraßer schüttelte den Kopf beim Anblick der Leiche, dieser jähe Tod wirkt fast lähmend auf den alten Richter. Doch nun beginnt der unerbittliche Dienst des Untersuchungsrichters. Beim Schein mehrerer Laternen konstatierte Ehrenstraßer den Einschuß hinter dem rechten Ohr und das Fehlen jedes Ausschusses, es muß daher die Kugel noch im Kopfe stecken. Der Gerichtsschreiber notierte das Diktat während der Untersuchung, die weiter das Fehlen einer Brieftasche, der Uhr und Kette ergab. Die innere Brusttasche ist an einer Naht aufgetrennt oder aufgerissen, die Uhrkette offenbar mit Gewalt abgerissen worden, der Befestigungsring steckt noch am Knopfloch der Weste, diese ist an mehreren Stellen offen, also aufgerissen worden.

„Mutmaßlicher Raubmord!" konstatierte der Richter und

stenographierte sich der Vorsicht halber das Untersuchungsergebnis in sein Taschenbuch. Dann erteilte er den Befehl, es solle der Wachtmeister die Nacht hindurch patrouillieren und in frühester Morgenstunde Erhebungen beim Fabrikpersonal, in allen Siedelungen der Umgebung und namentlich auch im Eibenbergwirtshause anstellen, das Resultat dann ehethunlichst zu Gerichtshänden bringen.

Die Leiche wurde nun auf die Bahre gelegt, mit einem mitgebrachten Tuch verdeckt und von den vier Trägern auf die Schultern gehoben. Langsam erfolgte der traurige Transport zu Thal.

Ehrenstraßer vermochte in seiner Erschütterung dem weinenden Ratschiller jun. nur die Hand zu drücken, das Sprechen war dem alten Beamten in dieser Stunde unmöglich. Beide folgten hinterdrein, während der Wachtmeister vollends zur Sattelhöhe hinanstieg und jenseits hineinschritt in die nachtverhüllte Bergwelt.

Wie Flugfeuer verbreitete sich am frühen Morgen im Städtchen die schreckliche Kunde, das Wort „Raubmord" erregte die Bevölkerung im höchsten Maße, und die innigste Anteilnahme am entsetzlichen Geschick gab sich für die Familie Ratschiller kund. Emmy eilte zur alten Frau, die so jäh zur Witwe geworden, zum Bräutigam, der auf schreckliche Weise den Vater verloren. So nahe dem höchsten Glück auf Erden, steht das Brautpaar nun im tiefsten Jammer, vernichtet die Hoffnung, die Zukunft.

Das Gericht muß in doppelter Hinsicht einschreiten. Mit den Geschäften der Regulierung der Hinterlassenschaft betraute Ehrenstraßer den Gerichtsadjunkten Hörhager, die Untersuchung des Falles selbst führte der Richter, dem das Ereignis trotz aller langen Praxis unfaßlich ist.

So viel Ehrenstraßer nachdachte, prüfte und überlegte, der

Gedanke, daß in absolut sicherer Gegend, kaum dreiviertel Stunde von einer dichtbevölkerten Fabrik entfernt, zu verhältnismäßig früher Abendstunde ein Raubmord sich ereignen konnte, will dem Richter nicht in den Kopf gehen. Ehrenstraßer wartete das Resultat der gerichtsärztlichen Untersuchung ab, das bis Mittag schriftlich im Gericht vorlag und dahin lautete, daß die Kugel (Rundkugel aus einer Pistole) durch das Gehirn gedrungen und im Stirnknochen über dem linken Auge stecken geblieben sei, daher der Ausschuß fehle.

Dieser Befund veranlaßte den Richter, nun sogleich in der Fabrik Recherchen vorzunehmen.

Auf dem Wege zum Sattel verhielt sich Ehrenstraßer längere Zeit auf der Unglücksstätte, um ein Bild der Thatmöglichkeit zu gewinnen. Der Räuber muß auf den Fabrikherrn aus nächster Nähe geschossen haben, wofür die Schußwunde knapp hinter dem rechten Ohre spricht. Bei der vorhandenen Dunkelheit konnte von regulärem Zielen keine Rede sein.

Mußte der einsam gehende Ratschiller aber die Annäherung nicht hören? Hat er sie gehört, so mußte er sich doch nach dem herantretenden Menschen umwenden; that er das, so war der Schuß auf der rechten Kopfseite unmöglich, die Kugel hätte linksseitig eindringen müssen.

Ehrenstraßer achtete im besonderen auf den Lärm des im starken Gefäll niederbrausenden Baches und thatsächlich ist das Geräusch so groß, daß Schritte leicht überhört werden können. Der Bach bildet unter der Brücke einen Tümpel, von dem das Wasser in weiterem kleinen Sturzfall niederströmt. Zu sehen ist hier nichts.

Eine Stunde später verhörte der Richter den Fabrikleiter, und fragte im besonderen, ob der Ermordete etwa einen größeren Geldbetrag bei sich geführt habe.

Hundertpfund konnte darüber keine Auskunft geben, er bezweifelte das überhaupt, denn es fehle jeder Anlaß, zur Fabrik persönlich Geld herauszubringen oder nach Hause zu tragen. Das Kassawesen wird ja im Komptoir erledigt.

„Pflegte Ratschiller überhaupt eine Brief- recte Geldtasche bei sich zu tragen?"

„Das thut wohl jeder Geschäftsmann hiesiger Gegend, doch dient ein solches Buch mehr zum Notieren, als zur Geldbewahrung."

„Ein solches Portefeuille fehlte!"

Hundertpfund zuckte die Achseln, er vermochte den Fall nicht zu denken.

Schon wollte der Richter die Fabrik verlassen, da fand sich der Wachtmeister ein, der sogleich Rapport erstattete, auf Grund dessen Ehrenstraßer den Fabrikleiter wieder vernahm und befragte, ob Ratschiller von der Existenz eines Stromers im Fabrikbezirk verständigt worden sei. Hundertpfund bejahte dies und bemerkte, daß Ratschiller ausdrücklich gewarnt worden sei, die Begleitung bis zur Sattelhöhe aber rundweg abgelehnt habe.

„War Ratschiller auf solchen Gängen bewaffnet?"

„Ich glaube nicht, wenigstens habe ich niemals beim Chef eine Waffe gesehen. Er führte gewöhnlich nicht einmal einen Stock mit."

Der Gang war somit vergeblich. Ehrenstraßer kehrte in die Stadt zurück, begleitet vom müden Wachtmeister, der nichts weiter zu erzählen wußte, als daß der gesuchte Vagabund am Eibenbergwirtshause war bis etwa eine Stunde vor der That. Wohin sich der Stromer gewendet, konnte der

Wachtmeister nicht eruieren.

In seiner Erregung wollte Ehrenstraßer nicht zu Hause speisen, er fürchtete den Anblick seiner so schwer getroffenen Tochter Emmy und noch mehr deren Fragen nach dem Zerstörer ihres Glückes, den der Richter ja noch gar nicht kennt. Bevor Ehrenstraßer aber dazu kam, sich in ein Gasthaus zu begeben, lieferte einer der Gendarmen einen Burschen ein, der wegen Landstreicherei unweit des Städtchens aufgegriffen worden war.

Sogleich rief der Richter telephonisch Herrn Hundertpfund herbei und in der Zwischenzeit wurde der Stromer nochmals körperlich wegen Waffenbesitz &c. kontrolliert und alsdann verhört. Es fand sich aber weiter nichts, als ein Arbeitsbuch vor, das besagte, daß der Eigentümer ein Schreinergeselle sei, und welches ersichtlich in betreff der Arbeitsnachweise einige Falsifikate enthält.

Als Hundertpfund, erschöpft vom eiligen Marsche in der Kanzlei des Richters erschien und den gefesselten Burschen erblickte, erklärte er sofort, daß derselbe mit dem verdächtigen Landstreicher identisch sei. Unwillkürlich rief der Fabrikleiter aus: „Und wahrscheinlich auch der Raubmörder!"

Wie verzweifelt wehrte sich der Schreinergeselle gegen diese furchtbare Anschuldigung.

Ehrenstraßer nahm das Verhör wieder auf, nachdem Hundertpfund entlassen war: „Wo haben Sie die vergangene Nacht zugebracht?"

„In einem Heustadl!"

„Können Sie diesen nach der Örtlichkeit genauer bezeichnen?"

Der Verhaftete schwieg.

Dafür rapportierte der Eskorteur, daß der Geselle auf dem Transport auf Vorhalt jenen Heustadel nicht zu zeigen vermochte.

Dieser Umstand veranlaßte den Richter, abermals eine Lokalaugenscheinnahme an der Brücke am Sattelwege vorzunehmen, und wurde zu diesem Behufe angeordnet, daß der Verhaftete an die Mordstelle zu eskortieren sei.

Nach Verlauf einer Stunde war man auf der Brücke, und scharf beobachtete Ehrenstraßer den Burschen, der jedoch ruhig blieb und keine besondere Angst oder Aufregung äußerte.

Der Gendarm mit aufgepflanztem Bajonett stand am Brückenende zur Bewachung.

Mit peinlicher Sorgfalt suchte Ehrenstraßer nach weiteren Anzeichen, insbesondere möchte er den Verbleib der Mordwaffe entdecken. Zufällig trat der Richter an das hölzerne, wettergraue, alte Brückengeländer und musterte dasselbe.

Seltsamerweise zeigte dasselbe just über der Stelle, wo am Boden Blutspuren ersichtlich sind, eine kleine, ganz frische Beschädigung, etwa wie wenn man dort am oberen Rande mit einem festen, kantigen Instrument heftig angestoßen hätte. Eine starke Kerbung des verwitterten Holzes ist dies, doch weiter absolut nichts zu sehen. Ehrenstraßer ward ob der ganz frischen Beschädigung dieses Geländerteiles nachdenklich. Dieser Umstand könnte vielleicht doch mit dem Mord in irgend einem Zusammenhange stehen und verdient daher Beachtung. Der Gedanke erweiterte sich denn auch sogleich zu der Mutmaßung, daß hier der Mörder etwas, vielleicht die Waffe, in das Wasser geworfen und dabei das Brückengeländer beschädigt hat. Ist dem so gewesen, so muß die Pistole im Tümpel oder sonst wo im Bachbett aufzufinden sein.

Neugierig hatte der Verhaftete dem Richter zugesehen und trat nun gleichfalls zu jener Stelle am Geländer.

„Was wollen Sie?" fragte Ehrenstraßer barsch.

„Mit Verlaub, gnä' Herr! Wenn Ihnen die Sach' da am Geländer verinteressiert, so kann ich, mit Verlaub, schon Auskunft geben; ich bin nämlich Schreiner und versteh' 'was vom Holz!"

Gewohnt in langer Praxis, die geringste Kleinigkeit zu beachten, wies Ehrenstraßer die Einmengung des Verhafteten keineswegs zurück, sondern fragte ihn vielmehr, ob der Geselle die Kerbe im Holz des Geländers für frisch gemacht halte.

Der Bursche besah sich die Beschädigung genau und erklärte sie älteren Datums. „Wie alt dann?"

„Von heut' ist sie sicher nicht!"

Jetzt war Ehrenstraßer fest entschlossen, im Bachbett auf das Genaueste zu forschen, der Gründlichkeit halber persönlich. Der Gendarm wurde mit dem Verhafteten in die Stadt zurückgeschickt. Ehrenstraßer erledigte sich des Rockes, der Schuhe und Socken, und kletterte nun hinab. Durch Steinwürfe in den Falltümpel unter der Brücke konnte die Tiefe einigermaßen taxiert werden; das Wasser wird bis zu den Knieen reichen. Leider ist nicht auf den Grund zu sehen, das Wasser schäumt und strudelt zu viel.

Bevor der Richter einstieg, begab er sich zum Tümpelrand, über welchem das Wasser erneut in etwa klafterhohem Falle niederstürzt. Sorgsam betrachtete Ehrenstraßer diesen brausenden Wassersturz und kombinierte dabei, daß die ins

Wasser geworfene Mordwaffe entweder im Tümpel liegen oder vom Sturzfall weggerissen sein müsse, daher weiter unten irgendwo liege.

Wieder blickte der Untersuchungsrichter auf den Schaumsturz. Zu seiner größten Überraschung flattert zeitweilig ein Stück einer Schnur aus der Gischtflut, welches das Wasser alsbald wieder einfängt, worauf das Baumeln in der Luft für einige Sekunden wieder erfolgt.

Kein Zweifel, die Schnur ist an etwas befestigt und dieses Etwas muß sich im Tümpel hart am Rande befinden. Flink eilt Ehrenstraßer die Steilböschung wieder hinan, streift die Hemdärmel so hoch als möglich an den Armen auf und steigt nun in den Tümpel hinein.

Was liegt jetzt an Nässe und Kälte, da sich eine Spur bietet.

Langsam tastet Ehrenstraßer Schritt für Schritt dem Tümpelrande zu, beugt sich so tief als möglich nieder, und sucht mit den Händen den Tümpelgrund ab. Nichts weiter zu greifen, als Steine. Die erhoffte Schießwaffe liegt also nicht im Grunde. Was hat aber die Schnur dann zu bedeuten? Der Richter hebt Stein um Stein aus der Tiefe und wirft sie dann wieder weg. Doch schon der nächste Stein, ein Stück Bruchmergel in Dreieckform, bietet, was der Beamte sucht. Der Stein ist mit einer Schnur umwickelt und deren Ende flattert im Sturzfall. Was kann das bedeuten? War am Ende der Schnur vielleicht die Pistole gebunden, die von den Sturzwellen abgerissen und weggeschleudert worden ist?

Ehrenstraßer schreitet aus dem Tümpel zur Böschung und verwahrt den Fund in seinem Rock. Es gilt jetzt, die Waffe zu suchen und zu finden.

Unterhalb des letzten Schaumsturzes wird die Suche aufgenommen. Im Eifer achtet Ehrenstraßer gar nicht, daß der Gischt ihn durchnäßt und die scharfkantigen Bachsteine seine Füße ritzen. Er sucht thatsächlich mit Händen und Füßen im Wasser des zweiten Tümpels, als wollte er Krebse fangen. Nichts zu finden als Steine und faulende Holzstücke, Astwerk.

Schon will der Richter die Suche aufgeben, da stößt sein Fuß auf einen harten Gegenstand und im Nu wird dieser herausgefischt — es ist die Pistole.

Wie ein kostbar Kleinod trägt Ehrenstraßer diese Waffe, welche es ermöglichen wird, den Mörder zu finden. Rasch macht der Beamte wieder Toilette, birgt die Pistole nebst Stein und Schnur in seiner Rocktasche und eilt zurück in die Stadt.

In seiner Kanzlei eingeschlossen, begann Ehrenstraßer die Waffe zu untersuchen. Die einläufige Pistole ist abgeschossen, so wenig oder gar nicht abgenützt. Wem mag sie gehören?

Aus einem Schächtelchen nimmt der Richter die wenig deformierte Kugel, die der Gerichtsarzt aus dem Schädel Ratschillers losgelöst hatte und probiert es, dieselbe in den Lauf zu stecken. Das Kaliber paßt genau.

„Großer Gott! Es ischt — Selbstmord!" stammelte Ehrenstraßer, vor dessen geistigem Auge sich nun klar die Situation abspiegelt. Es kann keinen Zweifel geben, daß Ratschiller absichtlich den Mergelstein mit der Schnur umwickelt, die Pistole darangebunden, auf der Brücke am Geländer den Stein nach abwärts gehängt und sich die Kugel hinter dem rechten Ohr ins Gehirn gejagt hat.

Unmittelbar nach dem Schuß muß er die Pistole aus der Hand gelassen haben, der Stein riß sie im Fallen über das Geländer hinunter in den Tümpel. Hierbei muß die Pistole am Geländer heftig angeschlagen und jene Beschädigung im

139

verwitterten Holz erzeugt haben. Durch den Wellenschlag wurde der Knoten aufgerissen, die Pistole in den zweiten tieferliegenden Tümpel geschleudert, während der umwickelte Stein im ersten Tümpel liegen blieb und das Schnurende im Schaumsturz baumelte, bis es Ehrenstraßer entdeckte und herauszog.

Wie gelähmt sitzt der Untersuchungsrichter in seinem Sessel, die Wucht dieser Entdeckung drückt ihn nieder.

Was mag den alten Fabrikherrn in den Tod getrieben haben? Weshalb versuchte Ratschiller den Selbstmord so zu gestalten, daß man an Raubmord glauben sollte?

Das muß eruiert werden; ebenso wie es der Feststellung bedarf, daß die Waffe Eigentum des Fabrikherrn gewesen.

Unwillkürlich mußte Ehrenstraßer seiner Tochter Emmy gedenken, und ein tiefer Seufzer entstieg seiner Brust. Wie schmerzlich, daß er, der Vater, das Glück seiner Tochter in seiner Eigenschaft als Untersuchungsrichter vernichten muß und wahrscheinlich auch die Existenz der Ratschillerschen Familie.

Wie freute es ihn, in allen bisherigen Fällen, wenn die sorgsam geführte Untersuchung erfolgreich durchgeführt werden konnte. Und diesmal bereitet die Untersuchung namenlose Qual.

Muß der Selbstmord amtlich und öffentlich klargelegt werden? Der Jurist bejaht die Frage; der gefühlvolle Mensch möchte sie verneinen.

Ehrenstraßer will vor allem das Motiv kennen lernen und deshalb ließ er den Gerichtsadjunkten zu sich bitten, der die Hinterlassenschaft dienstlich zu ordnen hat.

Hörhager war damit so weit gekommen, um aus den

Papieren Ratschillers konstatieren zu können, daß Bargeld knapp ist.

„Passiv?" fragte schier ängstlich der Richter.

„Nein! Die Außenstände sind sehr bedeutend. Alle Fälligkeiten der Firma in nächsten Zeiten sind mir noch nicht genügend bekannt."

„War Ratschiller in einer Lebensversicherung?"

„Ja, und auffallend hoch versichert!"

„Bei welcher Gesellschaft?"

„Bei der Triestiner!"

„Die Triestiner zahlt meines Wissens Todesfälle durch Selbstmord nicht aus; ich werde in die Police Einsicht nehmen!"

„Es soll doch Raubmord vorliegen, nicht?" warf Hörhager ein.

„Ich kann im jetzigen Stadium der Untersuchung keinen Aufschluß geben!" erklärte Ehrenstraßer ausweichend.

„Bitte sehr! Ich dachte nur, unter Amtskollegen —!"

„Bedauere, heute ischt mir dies thatsächlich noch nicht möglich. Hingegen bitte ich um alle Papiere Ratschillers und überhaupt um den ganzen Akt, sobald Sie fertig sind!"

„Ich stehe zu Diensten, Herr Bezirksrichter!" sagte Hörhager und entfernte sich etwas verstimmt.

Spät am Abend begab sich Ehrenstraßer nach Hause und sein erstes war, der armen Tochter Emmy Trost zuzusprechen, die sich in ihr Kämmerlein zurückgezogen hatte.

Wie schmerzlich war es dem Vater, andeuten zu müssen, daß die Verhältnisse nach dem plötzlichen Tode Ratschillers einen Verzicht auf die Verbindung nahelegen.

Unter Thränen fragte Emmy nach den Gründen, und Ehrenstraßer vermochte nur zu sagen: „Ich fürchte, es wird nicht anders gehen."

„Hast du des Mörders Spur entdeckt, Papa?"

„Ich kann keine Auskunft geben, liebes Kind. Die Untersuchung ischt kaum eröffnet, geschweige denn abgeschlossen."

Schluchzend warf sich Emmy an des Vaters Brust und flehte um seinen Beistand. Sie will Franz treu bleiben, auch wenn durch den Tod Ratschillers das Unglück über die schwer heimgesuchte Familie hereinbrechen sollte.

So tröstete denn Ehrenstraßer unter schmerzlichem Lächeln sein Kind und zog sich nach dem kurzen Abendimbiß in seine Stube zurück, wohin Bianca in ihrer Neugierde ihm folgen wollte.

Höflich, doch bestimmt lehnte Ehrenstraßer diese Begleitung ab, er will und muß allein sein, um den Fall zu studieren.

Beleidigt suchte die lebhafte Gattin die Kinderstube auf. Wozu hat man einen Beamten zum Gemahl, wenn man in interessanten Fällen aus der Untersuchung keine Mitteilungen erhält, dachte die Gattin, welche mit ihren Informationen im Falle Ratschiller gerne den befreundeten Damen gegenüber geprahlt hätte und nun so viel wie gar nichts weiß.

Am nächsten Morgen besuchte der Richter Franz Ratschiller im Komptoir und sprach ihm vor allem herzliches Beileid aus, wofür der schier gebrochene junge Mann innig dankte.

Es war für Ehrenstraßer peinlich, Franz eröffnen zu müssen, daß die Untersuchung auch im Komptoir des Verstorbenen ihre Fortsetzung finden müsse, der unerbittliche Dienst kennt keine Rücksicht. So schonungsvoll als möglich erbat der Richter die Erlaubnis einer Nachsuche im Arbeitsgemache Ratschillers sen. und Ausfolgung der Pultschlüssel und, wiewohl verwundert ob solcher Bitte, die ja eigentlich ein Befehl ist, gab Franz die Schlüssel ab mit dem Beifügen, daß alle Papiere von dem Gerichtsadjunkten bereits abgenommen worden seien.

Ehrenstraßer befand sich allein im Arbeitsraume des toten Fabrikherrn, und schloß Fach um Fach zunächst des Schreibpultes auf. Ein Lädchen im Innersten enthielt die Uhr und die offensichtlich abgezwickte Kette, an welcher der Befestigungsring fehlte.

„Also doch! Glied um Glied reiht sich aneinander!" flüsterte Ehrenstraßer, der im nächsten Lädchen das vermißte Portefeuille vorfand und ein scharf geschliffenes Federmesserchen, dessen eine Klinge offen stand und vom Fädchen einer aufgetrennten Naht umwickelt war. Alles Zeichen für eine wohlvorbereitete Täuschung über den Selbstmord.

Ehrenstraßer nahm alle diese Gegenstände an sich, dann bat er Franz, einzutreten. Das Schwierigste sollte sich nun abspielen und soll dabei dem Sohne doch für jetzt noch verheimlicht bleiben.

Der Richter eröffnete Franz, daß es gelungen sei, die Mordwaffe aufzufinden.

„Und vom Mörder haben Sie noch keine Spur?"

„Doch! Ich kann hierüber aber noch nicht sprechen. Dagegen möchte ich Ihnen die Waffe zeigen!" sagte Ehrenstraßer und nahm die Pistole, welche er ad hoc bei

143

sich führte, aus der Tasche.

Kaum hatte sie Franz erblickt, schrie er. „Um Gotteswillen! Das ischt ja Papas Schießzeug, das er stets ungeladen im Nachttischchen liegen hatte zur Beruhigung der immer ängstlichen Mama! Mit dieser Pistole kann doch Papa nicht erschossen worden sein!"

Für den Untersuchungsrichter genügte die Agnoszierung der Waffe als Eigentum des Fabrikanten völlig.

„Es muß ein Irrtum oder die Pistole vom Mörder vorher gestohlen worden sein! O Gott, wie entsetzlich ischt doch dieses Ereignis!" jammerte Franz.

Ehrenstraßer wollte seine Entdeckung noch nicht kundgeben, außerdem noch einige Versuche am Thatorte anstellen, weshalb er von Franz sich verabschiedete und den Weg zur Sattelbrücke einschlug.

Dort angekommen, suchte der Untersuchungsrichter einen ähnlichen Stein, band eine zweite Schnur daran, sowie die Pistole und operierte in der Weise, wie mutmaßlich Ratschiller es gethan haben mochte. Diese Versuche ergaben, daß die Sache thatsächlich ganz gut geht und daß die Pistole jedesmal das Brückengeländer verletzt.

Dies in Verbindung mit den Resultaten der heutigen Versuche in Ratschillers Komptoir, muß den letzten Zweifel beseitigen, die Untersuchung dieses Falles kann geschlossen werden.

Tieftraurig kehrte Ehrenstraßer zur Stadt zurück, versunken in Gedanken. Diesmal wird die Erfüllung der beschworenen Dienstpflicht qualvoll nach jeder Richtung.

Eine Verheimlichung des eklatanten Selbstmordes muß als ausgeschlossen betrachtet werden. Was aber wird die

Aufdeckung von Amts wegen zur Folge haben?

Zunächst die Verweigerung eines kirchlichen Begräbnisses durch das zuständige Pfarramt. Die Beerdigung hat schon heute nachmittag zu erfolgen. Welch neuen, tiefen Schmerz im Hause Ratschiller muß die Verweigerung des kirchlichen Begräbnisses hervorrufen! — An Geistesgestörtheit ist nicht zu denken, der Selbstmord ist geradezu mit Raffinement vorbereitet worden, die Täuschung so geschickt gemacht, daß ihr ein Anfänger in der Gerichtspraxis zweifellos zum Opfer gefallen wäre.

Eine zweite Folge der Bekanntgabe des Untersuchungsresultates wird sein, daß sich die Versicherungsgesellschaft weigern wird, die Police zu honorieren. Die Familie Ratschiller wird keinen Heller erhalten, die eingezahlten Prämien sind rettungslos verloren. Inwieweit die Bekanntgabe des Selbstmordes das Geschäft selbst und den Fabrikbetrieb berühren und schädigen wird, Ehrenstraßer vermag das gar nicht auszudenken. Möglicherweise zeitigt der Fall vollständigen Bankerott der Firma.

Und wie schmerzlich ist der Fall für Ehrenstraßer selbst und seine Tochter!

Darf sich aber ein Richter von solchen Erwägungen leiten oder beeinflussen lassen? Die Antwort auf eine solche Frage muß ein starres Nein sein, die Amtspflicht kennt keine Rücksicht, darf sie nicht kennen.

Eine andere Frage drängte sich dem gepeinigten Richter auf, die Zeitfrage. Ist es zwingend notwendig, das Untersuchungsresultat schon heute bekannt zu geben?

Sonst vergehen oft Monate, bis eine Untersuchung abgeschlossen werden kann. Ist es nicht Zufall gewesen, daß Ehrenstraßer in so kurzer Zeit, binnen zwei Tagen, dem

145

Selbstmord auf die Spur kam?

Hält der Richter mit der Bekanntgabe wenigstens einige Stunden zurück, so wird doch das kirchliche Begräbnis ermöglicht, und ein bitterer Schmerz bleibt der armen Familie erspart.

Aber was wird das in diesem Falle dupierte Pfarramt sagen, wenn es erfährt, daß das Gericht vom Selbstmord schon vor der Begräbnisstunde Kenntnis hatte? Wer kann den Untersuchungsrichter in dieser Beziehung kontrollieren? Niemand! Aber was sagt das eigene Bewußtsein, das Pflichtgefühl?

„O Gott! Es ischt qualvoll!" stöhnte Ehrenstraßer und rang nach einem definitiven Entschluß um so heißer, je mehr er sich der Stadt näherte.

Im Bezirksgerichte herrschte rege Thätigkeit, hervorgerufen durch die unerwartete Ankunft des inspizierenden Präsidenten vom Kreisgericht. Die Kunde von dem Raubmord war durch den Telegraphen auch im Kreisgericht sehr schnell bekannt geworden und hatte den Präsidenten, der ohnedies eine Inspektion des Bezirksgerichtes beabsichtigte, veranlaßt, sich sofort in das Amtsstädtchen zu begeben. Da Ehrenstraßer nicht anwesend war, nahm der Präsident unterdessen die Inspizierung im Gerichte vor und ließ sich von dem Adjunkten über den überraschenden „Fall Ratschiller" soweit als möglich informieren.

Als Ehrenstraßer in seiner Kanzlei erschienen war, wurde der Präsident sogleich verständigt, der nun den Richter aufsuchte und sich in den Fall vertiefte, indem er den Akt zu lesen begann mit wachsendem Erstaunen.

„Das ischt ein Fall von großem Interesse!" rief der Präsident nach beendigter Lektüre und ersuchte um Mitteilung weiterer Untersuchungsergebnisse, die noch nicht zu Papier gebracht sind.

Ehrenstraßer erstattete ausführliche Meldung, die mehrere Stunden beanspruchte, da der Präsident jedes einzelne Moment der Untersuchung überprüfte und besprach.

Das Raffinement in der Vorbereitung des Selbstmordes und die versuchte Täuschung überraschte selbst den alten, diensterfahrenen Präsidenten, welcher rückhaltlos die Sorgfalt in der Führung dieser Untersuchung lobend anerkannte und dann zu einer Erörterung der durch den aufgedeckten Selbstmord geschaffenen Situation überging.

„Wahrscheinlich stand der Verstorbene in finanziellen Schwierigkeiten?" fragte der Oberbeamte.

„Aus den Büchern ergiebt sich wohl ein geringer Barbestand, doch sind bedeutende Außenstände zu gunsten der Firma vorhanden. Ratschiller war ungewöhnlich hoch in der Lebensversicherung eingekauft."

„Richtig, die Police liegt ja im Akt. Die Assekuranzsumme wollte Ratschiller vermutlich für die Relikten retten, daher der Täuschungsversuch. Mir will indes scheinen, als ob das Motiv zum Selbstmord doch tiefer liege, auf einem Gebiete, das wir in den Büchern nicht vorfinden. Haben Sie hierüber Erhebungen gepflogen?"

Ehrenstraßer stutzte, an das gewissermaßen treibende, zwingendste Motiv hat er noch nicht gedacht und deshalb auch nicht darnach geforscht. Wo aber suchen, wie vorgehen?

„Ich wiederhole meine vollste Anerkennung für die bisher von Ihnen geführte Untersuchung und die erzielten, überraschenden Resultate. Der Akt kann aber nicht früher geschlossen werden, bis nicht über das Urmotiv völlige Klarheit geschaffen ischt. Mich interessiert der Fall außerordentlich; wenn Herr Kollege gestatten, beteilige ich mich unterstützend an den weiteren Erhebungen. Ich möchte das Grundmotiv wahrhaftig selber kennen lernen, und scheue die Mühe keineswegs. Glauben Sie, daß wir im Fabrikbetrieb einen Anhaltspunkt finden könnten?"

„Die Möglichkeit ischt vorhanden. Der Fabrikleiter dürfte zweifellos von Schwierigkeiten und dergleichen Kenntnis haben."

„Sind Herr Kollege zufällig über die Cementfabrikation eingehender informiert?"

„Ich denke diese Frage mit ja beantworten zu können!"

„Was kann einem Cementfabrikanten beispielsweise eine enorme Schwierigkeit verursachen?"

„Steinmangel!"

„Heureka! Da haben wir ja das Urmotiv! Ergiebt sich bei Ratschiller thatsächlich Mangel an brauchbarem Stein, und davon muß der Fabrikleiter unbedingt Kenntnis haben, so ischt das Motiv für den Selbstmord sonnenklar aufgedeckt!"

Ehrenstraßer biß sich auf die Zunge; an die Möglichkeit hat er wirklich nicht gedacht.

Feierliches Glockengeläute war in diesem Augenblick hörbar.

Ehrenstraßer seufzte erleichtert auf, das Geläute gilt dem Fabrikherrn, dessen Leiche eben zu Grabe getragen wird. So ist denn das kirchliche Begräbnis gesichert, ohne Pflichtverletzung des Untersuchungsrichters.

Da der Präsident nun andere Fragen an den Gerichtsvorstand richtete, kam Ehrenstraßer der Fall des Einödpaters in Erinnerung und fragte er daher an, ob eine spezielle Vernehmung des alten Priesters in der Einöde stattfinden müsse.

„Glauben Sie, daß der Geistliche das Bewußtsein der Beihilfe gehabt hat?"

„Nein, ich halte dies für ganz unwahrscheinlich!"

„Dann schlagen wir die Sache nieder, der betreffende Akt kann geschlossen werden."

Es dämmerte, als die Gerichtsherren ins Freie traten und sich nach der Verabredung, morgen früh der Cementfabrik einen Besuch abzustatten, voneinander trennten.

XIII.

Hundertpfund war kurz nach dem Verlassen des Gerichtsgebäudes auf dem Marktplatz der hübschen Doktorin in die Hände gelaufen. Beide waren ob dieser unerwarteten Begegnung überrascht und Frau von Bauerntanz wußte nicht, wie sie sich dem Fabrikleiter gegenüber verhalten sollte. Seit jenem Abend bei Ratschillers war der Verkehr abgebrochen geblieben, Rosa grollte und hatte das Haus des Cementfabrikanten gemieden.

Beim Anblick der in ihrer Verwirrung um so hübscheren Frau empfand Hundertpfund etwas wie Reue über die verübte Vernachlässigung Rosas und blitzschnell schossen die Gedanken durch seinen Kopf, daß mit dem Tode Ratschillers das Heiratsprojekt ja doch hinfällig und seine Stellung in der Fabrik wackelig sei. In der Zwischenzeit aber könnte der Scherz einer geheuchelten Verehrung ausgesponnen werden.

Der huldigenden Ansprache Hundertpfunds setzte Frau Rosa eisiges Schweigen entgegen, doch duldete sie, daß der hübsche Mann ihr zur Seite ging und eine Verteidigungsrede losließ, die in der Behauptung gipfelte, daß es ihm mit einer Werbung um Josephine ja doch nicht ernst gewesen sei.

Ohne es zu wollen, sprudelte Frau Rosa die Frage heraus. „Weshalb haben Sie mich aber dann die lange Zeit ignoriert?"

„Ich mußte aus der Art Ihres Abganges doch auf Ungnade schließen und schwer genug habe ich unter dieser Ungnade gelitten!"

„Wer das wohl glaubt!" spottete Frau Rosa.

„Gnädige Frau thun mir eben absichtlich Unrecht! Das ist so die Handlungsweise schöner Damen! Je schöner eine Frau, desto grausamer wird sie sein!"

„Wie weit sind Sie denn mit Fräulein Ratschiller gekommen?"

„Aber ich bitte Sie! Erstlich fehlte mir jede ernstliche Absicht, und dann macht ja doch die Katastrophe im Hause Ratschillers jedes Projekt überhaupt zu nichte!"

„Ja, es ischt ein fürchterliches Ereignis. Gott sei's gedankt, daß man wenigstens den Mörder so rasch hinter Schloß und Riegel sehen konnte! Sind Sie näher über die aufregende Sache informiert?"

„Ich komme soeben vom Bezirksrichter, doch wurden mir Mitteilungen nicht gemacht."

„Schade! Ich hätte gern Näheres erfahren! Gott, wie muß es im Hause Ratschiller jetzt aussehen! Welch ein Durcheinander! Ob der alte Herr wohl ein Testament hinterlassen hat? Ich glaube, gar zu viel werden die Erben nicht erhalten! Du lieber Himmel! Ich will ja gewiß nichts Übles nachreden, aber der Aufwand war doch immer arg! Bei jeder Gelegenheit Champagner in Strömen!"

„Sie haben aber doch immer tapfer mitgehalten, gnädige Frau!"

Rosa biß sich auf die Lippe und ein böser Blick traf den Begleiter, der rasch einzulenken versuchte und beteuerte, daß er es nicht so schlimm gemeint habe.

Das Thema wollte Frau von Bauerntanz indes keineswegs verlassen, und der Fabrikleiter ist nach ihrer Meinung noch immer die der Firma am nächsten stehende und sicher bestinformierte Persönlichkeit, weshalb Frau Rosa immer eifriger ihre Fragen an Hundertpfund richtete.

Das Paar war im Gespräch auf dem Wiesenpfad bis an den Fuß des waldigen Sattels gekommen und jetzt erst gewahrte Frau Rosa dies zu ihrem Schrecken: „Gott, wir sind ja in der Nähe der Mordstätte! Ich gehe keinen Tritt weiter! Bitte, begleiten Sie mich zurück! Ich fürchte mich! Vielleicht lauert ein Mörder auf mich!"

„Aber gnädige Frau! Kommen Sie nur mit! In meiner Begleitung wird Ihnen gewiß nichts passieren!"

„Nein, nein! Unter keinen Umständen gehe ich an der Schauderstätte vorüber!"

„Dann schlage ich vor, wir biegen seitlich ab, steigen auf bis zum Rangierhaus oben, von da ab können wir auf der Seilbahn zur Fabrik fahren!"

„Sind Sie toll geworden? Ich auf der lebensgefährlichen Luftbahn fahren —!"

„Die Sache ist keineswegs gefährlich, man muß nur ruhig im Wägelchen sitzen! Ich stehe gut, daß wir mit heiler Haut unten in die Fabrik gelangen!"

Die Absicht, Frau Rosa in die Waldeinsamkeit zu locken, mißlang trotz der Neugierde und Klatschsucht, die hübsche Frau weigerte sich auf das Entschiedenste.

Den Weg zur Stadt nochmals zurückzulegen, wollte nun Hundertpfund nicht, das Interesse erlosch augenblicklich und kühl verabschiedete er sich.

Verstimmt kehrte die Doktorin in die Stadt zurück, indes Hundertpfund über den Sattel zur Fabrik marschierte.

XIV.

Ehrenstraßer wurde am Morgen durch dringende Arbeiten in der Kanzlei festgehalten und dadurch gezwungen, den Ausflug zur Fabrik auf den Nachmittag zu verschieben. Der hiervon verständigte Präsident führte inzwischen die Gerichtsinspektion völlig durch, wobei er auch in die Amtsstube des Kanzlisten geriet, und zwar in dem Augenblick, als dieser, ein bärbeißiger, alter Schreiber, einen Bergbauer scharf rüffelte.

Natürlich beendete der Kanzlist augenblicklich die derbe Rede, doch der Präsident hatte rasch die Situation erfaßt und beeilte sich, dem Gerichtsschreiber auseinanderzusetzen, daß Höflichkeit auch bei Gericht geübt werden müsse.

„Sehr wohl!" erwiderte unter tiefer Verbeugung der Kanzlist.

„Jawohl! Ich muß dringendst ersuchen, alle zu Gericht kommenden Parteien, auch widerhaarige Bergbauern, mit größter Höflichkeit zu behandeln. Die Leute haben ein Recht darauf zufolge der überlegenen Bildung, welche den Beamten Noblesse zur unabweisbaren Pflicht macht!"

„Wie Ew. Gnaden befehlen!" echote der Kanzlist.

In diesem Augenblick prasselte der Amtsdiener in die Stube mit der Meldung, daß schon wieder so ein Bergrammel draußen sei, und mit dem Herrn Kanzlisten reden wolle.

Ob der Unterbrechung seiner Rede ergrimmt, rief der Präsident. „Donnerwetter, das Luder soll warten, bis ich ausgesprochen habe!"

Das Grinsen auf den Gesichtern des Kanzlisten und Amtsdieners verschwand schnell, als der Präsident sie zu fixieren begann und erneut sich über das Gebot der Höflichkeit ausließ, auch im Falle, daß sich das Bergvolk der Übernamen gegenüber Gerichtspersonen bedienen sollte.

Der Kanzlist wie der Amtsdiener standen, wie die Salzsäulen so starr und blickten in höchstem Erstaunen auf den Oberbeamten.

„Haben Sie mich verstanden?" fragte er weiter.

Der Kanzlist erwiderte devot. „Mit Verlaub, Ew. Gnaden, nein!"

„Sie wissen doch, was ein Übername ischt?"

Aus dem Gesichtsausdruck konnte der Präsident ersehen, daß der Mann das absolut nicht weiß, weshalb der Beamte darauf hinwies, daß ein Übername gleichbedeutend mit Spitznamen oder Vulgonamen sei.

„Wissen Sie, wie die Bergbauern z.B. Sie selbst, den Gerichtskanzlisten, unter sich zu benennen pflegen?"

Der Kanzlist schüttelte den Kopf.

„Das können wir vielleicht gleich eruieren!" sagte der Präsident, der sich einen Spaß versprach und den Amtsdiener beauftragte, den wartenden Bauer hereinzubringen.

Alsbald stand der knorrige Gebirgler in der Stube, arg verlegen darüber, daß sich außer dem ihm bekannten Kanzlisten noch ein Herr in der Kanzlei befand.

Der Präsident fragte gleich, aus welcher Gemeinde der Bauer sei.

„Aus Latschwies, gnä' Herr!"

155

„Ah, kenne ich! Das ischt ja die witzigste Gemeinde von ganz Tirol! Dort besteht die Gepflogenheit ganz besonders, jedermann mit einem Übernamen zu belegen. Sagt 'mal, hat nicht auch der Gerichtskanzlist hier einen Beinamen?"

„Ich wüßt' nicht, Ew. Gnaden!" stotterte der Bauer.

„Nur grad' heraus mit der Sprache! Wie nennt Ihr, wenn Ihr zu Hause oder im Wirtshause beim Rötel den hiesigen Gerichtskanzlisten?"

„Sell kann ich decht nicht gut sagen in der Kanzlei!"

Dem Kanzlisten wurde etwas schwül.

„Ischt der Name denn so gefährlich?" fragte schmunzelnd der Präsident.

„Ich glaub' decht nicht, daß der Herr Kanzlist a Freud' hätt' wenn er ihn höret!"

„So? Jetzt möchte aber schon ich auch den Namen wissen! Red' nur frei 'raus, es geschieht dir gar nichts!"

Der Latschwieser zog sich langsam und rücklings gehend zur Kanzleithüre hin und griff nach der Klinke.

„Halt! Dagebblieben! Heraus mit dem Übernamen!" rief der amüsierte Oberbeamte.

„Wenn's decht sein muß. *Tintenschlucker* hoaßt er, der Herr Kanzlist!" schrie der Bauer und sprang zur Thüre hinaus.

Der Präsident schmunzelte über das geahnte Resultat dieser kleinen Namensforschung und tröstete den in höchster Verlegenheit stehenden, bis über die Ohren rot gewordenen Kanzlisten. „Na, nehmen Sie es nicht zu tragisch! Wer weiß, welche Übernamen uns selbst zugelegt sind!"

Nach diesen Worten ließ sich der Oberbeamte den Bogen

reichen, welchen der Kanzlist eben am Tisch zur Lektüre liegen hatte. Es war dies ein Bericht einer Gemeindevorstehung im Mittelgebirge mit folgendem Wortlaut.

„Löbliches k. k. Bezirksgerücht! Der gehorsamst Underzeichnete kann nix dafir, das beim Gerücht gleichzeidig zwei Dirnen gleichen Namens eingeliefert worden sind. Auf die Anfrage, ob eine der beiden Dirnen mit Namen Anna Mayer identisch mit der im Polizeiblatt ausgeschriebenen, berichtigten Anna Mayer sei, wird gehorsamst erwüdert: Die eine Anna Mayer ischt mit der berichtigten und ausgeschriebenen Anna Mayer *nahezu identisch*, die zweite Anna Mayer ischt mit der berichtigten Anna Mayer *schon mehr als identisch*!"[9]

„Ja, die Vorsteherberichte!" sprach der Präsident leise, legte den Bogen wieder auf den Tisch und verließ die Amtsstube des aufatmenden Kanzlisten.

Um dem Inspektionsbeamten bei Tisch Gesellschaft leisten zu können, speiste Ehrenstraßer mit dem Präsident im Gasthof und nachmittags begaben sich beide über den Sattel zur Cementfabrik.

Im langsamen Anstieg wurde der Fall Ratschiller abermals durchgesprochen. Ehrenstraßer konnte mitteilen, daß eine Anfrage der Triestiner Assekuranzanstalt eingelaufen sei, ob die Nachricht von dem Raubmord, begangen an dem hochversicherten Cementfabrikanten Ratschiller auf Wahrheit beruhe.

„Das Gericht ischt doch keine Auskunftei!" meinte der keuchende Oberbeamte.

„Zum mindesten wird sich die Gesellschaft bis zum Abschluß der Untersuchung gedulden müssen."

Ein mächtiger Knall unterbrach das Gespräch, und gleich darauf ertönten abermals gewaltige Schüsse.

„Was ischt denn los?" fragte der Präsident.

„Mutmaßlich Sprengschüsse!"

„Aber sehr kräftige. Wahrscheinlich Dynamit!"

„Ratschiller ließ mit dem ungleich kräftiger wirkenden Janit sprengen."

Nach einer halben Stunde Weges erreichten die Beamten die Fabrik, welche wie ausgestorben schien. Nirgends war ein Arbeiter zu sehen, selbst die qualmenden Brennöfen waren ohne Bedienung. Ehrenstraßer richtete forschende Blicke in die bergige Umgebung und gewahrte alsbald einen Knäuel lebhaft erregter Menschen am Eibenberge.

Sogleich begaben sich die Herren ebenfalls hinauf.

Hundertpfund erblickte sie, eilte ihnen in hochgradiger Erregung entgegen und rief. „Ein kolossaler Erfolg! Eine beispiellose Überraschung!"

Der Richter fragte hastig. „Was ischt geschehen?"

„O! Wenn der arme Chef das vor wenigen Tagen erlebt hätte! Wir haben neuerdings soeben gesprengt und ein Mergellager ist bloßgelegt von einer außerordentlichen Mächtigkeit! Wir haben auf Jahrzehnte hinaus reichlich Brennstein zu Portlandcement!"

Ehrenstraßer stand betroffen und der Präsident fragte. „So hatte man vor einigen Tagen vermeintlich Mangel an Stein?"

„Ja! Die früheren Sprengungen waren nahezu gänzlich erfolglos! Noch vor drei Tagen war der Chef, Gott hab ihn selig, trostlos über den Steinmangel! Und heute dieser riesige Erfolg! O, wenn Ratschiller das noch erlebt hätte!"

Der Präsident wechselte mit Ehrenstraßer einen bedeutungsvollen Blick; dann besichtigten die Herren unter

Hundertpfunds Führung den Steinbruch, woselbst auch Laien erkennen konnten, daß ein mächtiges Mergellager geöffnet sei.

Das Gutachten des Bergingenieurs war also doch völlig richtig, Ratschiller sen. hat sich zu früh der Verzweiflung überlassen und ist übereilt aus dem Leben geschieden.

Hundertpfund eilte in die Fabrik, um die überwältigende Neuigkeit telephonisch dem jungen Fabrikherrn zu melden.

Für die Gerichtsherren war das Urmotiv des Selbstmordes gefunden, ein weiteres Verweilen zwecklos, weshalb der Rückweg angetreten wurde unter lebhafter Erörterung dieser überraschenden Schicksalsfügung.

Am Abend reiste der Präsident ab.

Tags darauf beendete Ehrenstraßer die Untersuchung, und schloß den Akt Ratschiller in Bezug auf den klargelegten Selbstmord. Der verhaftete Streuner wurde in Freiheit gesetzt.

Für den gewissenhaften Richter kam nun die schmerzlichste Stunde, die Bekanntgabe des Untersuchungsergebnisses an den jungen Ratschiller von Amts wegen.

Franz ward auf nachmittags drei Uhr citiert und pünktlich fand er sich in der Kanzlei des Richters ein.

Ehrenstraßer war bleich, in nervöser Erregung, als er nach kurzer Begrüßung dem jungen Ratschiller eröffnete: „Ich habe Ihnen amtlich mitzuteilen, daß nach abgeschlossener, gewissenhafter Untersuchung kein Raubmord vorliegt!"

„Um Gotteswillen, was dann?"

„Es ischt mir höchst schmerzlich, Ihnen die volle Wahrheit sagen zu müssen. Ihr Herr Vater, Gott hab' ihn selig, hat seinem Leben selbst ein Ende gemacht!"

„Allmächtiger Gott!" stöhnte Franz in namenloser Qual, fassungslos, verzweifelnd.

Liebreich versuchte Ehrenstraßer zu trösten und dem schier gebrochenen Mann Mut zuzusprechen.

Nach etwa einer Stunde verließ Franz totenbleich das Amtshaus.

Die Kunde vom aufgedeckten Selbstmord erzeugte eine noch viel größere Erregung in der Bevölkerung als vorher die Nachricht vom Raubmord.

XV.

Die ersehnte Ruhe im Amt sollte dem Richter nach den Aufregungen der letzten Tage nicht werden; der tägliche Posteinlauf sorgte dafür, daß der Chef Arbeit genug bekam. Und was enthält der Einlauf für Sonderbarkeiten. Aus langer Praxis kennt Ehrenstraßer die Protokolle von Gemeindevorstehern und niederen Polizeiorganen, gelassen öffnet er Brief um Brief.[10] Gelesen, wenigstens durchflogen muß werden, ehe die Verteilung an Adjunkt und Kanzlist erfolgen kann.

Diesmal ist ein verlangtes Leumundszeugnis dabei, das auffällig kurz gehalten, den Leumund eines Mannes wie folgt schildert. „Der Angefragte besitzt *außer seiner Frau und drei Kindern nichts Bewegliches* und seine Eltern sind *hoffentlich* schon gestorben."

Mit einem müden Lächeln legt der Richter das Schreiben weg und durchflog den nächsten Bericht über eine Pfändung mit folgendem Inhalt: „Post Nr. 13. Im hohen Auftrag löblichen k. k. Bezirksgerichtes wurden dem N. N. gepfändet 4 schwarze Schafe, 2 davon sind aber weiß. Die Pfändung ging soweit anstandslos vor sich, doch ist der Betroffene des Gehorsams nicht besonders bedacht, weshalb die Exekution in gänzlicher Abwesenheit des Schuldners vorgenommen wurde. Sonst ist der Betreffende noch nie zu Gerichtshanden gekommen. Indem dieser Bericht unterthänigst übersändet wird, sei gemeldet, daß die Vertilgung der Mayen-Kefer von Erfolg war. Aus diesem Grunde bittet der gehorsamst Unterzeichnete um Bewilligung der Hypothekeintragung nebst Sammlung für die Armen-Schulschwestern."

Ein drittes Amtsschreiben trägt den Vermerk „Cito" und unwillkürlich widmet Ehrenstraßer diesem Stück größere Aufmerksamkeit. Klipp und klapp besagt das Schreiben: „Der neuen Kronenwährung muß die gehorsamst unterzeichnete Gemeindevorstehung große Bedenken entgegenstellen, dieweilen der Senner auf der Kreuzalm verdächtig ist, falsches Geld zu machen. Wir bitten daher, es möge eine Gerichtsdeputirung der Sache nachgehen. Bis jetzt sind an zwanzig falsche Geldstücke eingefangen, die der gehorsamst Unterzeichnete in Verwahr hat. Gleichzeitig wird geneigte Auskunft erbeten, wie es infolge der Geldneuerung mit Maß und Gewicht gehalten werden soll. Meines Wissens muß jetzund auch hölzernes Glas, das der heilige Benedikt in unserer Kirche als Kelch in der Hand trägt, frisch geaicht werden, allwo ich sonst keine Verantwortung übernehmen könnte." —

Die Folge der Lektüre dieses Berichtes war eine Depesche mit dem Auftrage, die angeblichen Falsifikate sofort an das Bezirksgericht einzusenden.

Sodann wollte Ehrenstraßer nach dem Paket greifen, auf dessen Adresse als Absender ein benachbartes Bezirksgericht genannt ist, da verlangte im Vorzimmer ein Bauer erregt nach dem Herrn Bezirksrichter, und Perathoner meldete, daß der Bauer Tobias Haid in dringlicher Angelegenheit den Herrn Gerichtsvorstand zu sprechen wünsche.

„Soll eintreten!"

Angesichts der großen Aufregung dieses Mannes hieß Ehrenstraßer selben sich setzen. Widerwillig gehorchte Haid, erhob sich aber schon beim nächsten Satze wieder.

„Sitzen bleiben!" gebot der Richter.

Schwerfällig ließ sich der erregte Bauer in den Sessel zurückfallen und fuchtelte dabei mit den Armen wie

163

verrückt in der Luft herum.

Das erprobte Mittel zur Beruhigung aufgeregter Leute verfängt bei diesem Menschen nicht, sitzend schweigt der Bauer.

„So bleib' halt stehen und erzähle!"

Der weitschweifigen Darstellung entnahm Ehrenstraßer, daß der Bauer Haid in verwichener Nacht auf der Straße zum Amtsstädtchen im finsteren Walde von einem Unbekannten angefallen und mißhandelt worden sei, und daß sich Haid nur durch schnelle Flucht habe retten können.

Der Richter notierte sich die Meldung, obgleich sie ihm unwahrscheinlich deucht. Eine Personalbeschreibung vermochte Haid nicht zu geben, es sei zu finster und der Schrecken zu groß gewesen.

Nachdem der Bauer entlassen war, öffnete Ehrenstraßer das Paket, welches eine mehrbogige Thatschrift und in sorgfältiger Umwickelung eine Mütze enthielt, wie solche in der Gegend häufig getragen werden.

Und die Zuschrift des benachbarten Amtsgerichts besagt, daß vor einiger Zeit ein Mann in finsterer Nacht von einem Unbekannten angefallen und schwer verletzt worden sei. Vom Thäter habe man nicht die geringste Personbeschreibung, jedoch dürfte ihm die beiliegende, auf der Straße vorgefundene Mütze gehören.

Unwillkürlich brachte Ehrenstraßer die eben erfolgte Anzeige des Haid mit der Meldung des Nachbargerichtes in Verbindung und aufmerksam las er das Schriftstück nochmals durch, wobei er das Postskriptum fand, in welchem der Adjunkt anfragt, ob nicht eine mikroskopische Untersuchung der Mütze durch den dortigen Gerichtsarzt angezeigt sein würde.

Eigentlich ärgerte den alten Richter diese Bemerkung eines jungen Adjunkten; doch war Ehrenstraßer in langer Praxis zu sehr gewohnt, auf die geringste Kleinigkeit zu achten, und aus diesem Grunde wollte er auch über diese, etwas naseweise Meinung nicht achtlos hinweggehen. So griff Ehrenstraßer denn zur Mütze und betrachtete sie aufmerksam. Zu sehen ist gar nichts, eine Mütze wie jede andere, im Stirnleder etwas durchgeschwitzt, also seit längerer Zeit im Gebrauch.

Würde vom Nachbargericht nicht eine schwere Körperverletzung gemeldet, man könnte die Anzeigen als ziemlich wertlos betrachten. Im übrigen kann es dem wenig beschäftigten Gerichtsarzt Dr. von Bauerntanz nicht schaden, wenn er Arbeit bekommt. Ehrenstraßer schrieb daher einige Zeilen, worin er um mikroskopische Untersuchung der beiliegenden Mütze und um baldigen Bericht bat.

In vorsichtiger Verpackung mußte Perathoner die Mütze zum Gerichtsarzt tragen.

Zwei Tage vergingen im ruhiger gewordenen Dienst. Als am Morgen des dritten Tages Ehrenstraßer in gewohnter Weise amtierte, wurde ihm die sorglich verpackte Mütze nebst Brief eingehändigt. Etwas spöttisch wog der Richter den Brief in der Hand, als wollte er das Gewicht des Resultats einer mikroskopischen Untersuchung prüfen. Das Lächeln erstarb bei der Brieflektüre, Dr. von Bauerntanz lieferte ein geradezu verblüffendes, wahrhaftiges Signalement, das Ehrenstraßer dem Arzt nicht zugetraut hätte. Klar und bestimmt heißt es im Bericht. „Der Besitzer der Mütze ist ein kräftiger, zur Korpulenz geneigter Mann in mittleren Jahren, mit schwarzem und graumelierten, neuerdings kurz verschnittenen Haaren und beginnender Glatze.“

Überrascht starrt Ehrenstraßer auf diesen kurzen und doch vielsagenden Bericht. Dieses Signalement paßt auf das Schärfste auf den „Rosenwirt" im Städtchen. Aber es ist undenkbar, daß dieser allgemein geachtete Mann eine schwere Körperverletzung sich hätte zu schulden kommen lassen. Eines solchen Verbrechens ist dieser Mann gar nicht fähig, eine Verhaftung auf Grund dieses Signalements unmöglich, sie würde eine unerhörte Blamage bringen.

Wie der Doktor nur dazu gelangt sein kann, ein solches Signalement zu geben? Das grenzt an Hexerei oder Frivolität! Sollte Bauerntanz sich einen Scherz mit dem Richter erlaubt haben? Dann wehe ihm; dienstlich giebt es keine Späße; die Sache ist zu wichtig, es gilt ein Verbrechen aufzudecken, den Thäter ausfindig zu machen, die Untersuchung kennt keine Scherze.

Den Gedankengang Ehrenstraßers unterbrach der Besuch des Gerichtsarztes. Dr. von Bauerntanz grüßte und ging sofort zum Zweck seines Erscheinens über, indem er sagte. „Ich glaube, es wird Ihnen ein Kommentar zum kurzen Signalement erwünscht sein und solche Erörterung giebt man am besten mündlich!"

„Sie sehen mich thatsächlich überrascht, Herr Doktor! Ich bitte, nehmen Sie Platz! Wie sind Sie nur auf den Gedanken gekommen, den „Rosenwirt", der allgemein als Ehrenmann bekannt ist, durch solches Signalement gewissermaßen zu porträtieren?"

„Porträtiert habe ich niemanden! Wer der Thäter ischt, hat den Gerichtsarzt gar nicht zu kümmern! Die von mir bethätigte Untersuchung mittels Mikroskop entwickelte sich in folgender Weise: „In der Mütze am Innenleder klebten zwei Haare, die unter dem Vergrößerungsglase eine graue Farbe zeigten, in ihrer Marksubstanz aber noch zahlreiche pechschwarze Pigmentzellen hatten. Daraus ergiebt sich, daß sie auf einem Schwarzkopf saßen, der jedoch bereits die ersten grauen Haare hat. Die Schnittfläche der vorgefundenen zwei Haare war scharf, der Mann hat sich vor kurzer Zeit das Kopfhaar scheren lassen. Die Haarwurzeln waren beträchtlich atrophiert, gestatten also die Schlußfolgerung, daß diese Haare, die in ihrer Epithelialschicht mehrere von Schweiß herrührende warzenförmige Hervorragungen zeigten, wahrscheinlich am Rande einer beginnenden Glatze gewachsen waren.

Der Mann schwitzt stark am Kopfe, also ischt der Mann zur Korpulenz geneigt, das ischt eine Regel, die fast immer zutrifft. Aus diesen Resultaten ergab sich das eingeschickte Signalement, das, wie ich glaube annehmen zu dürfen, zutreffend ischt!"

Ehrenstraßer schritt erregt im Zimmer auf und ab; heiseren Tones erwiderte er: "Alle Achtung vor Ihrer Wissenschaft! Aber das Signalement paßt haarscharf auf den "Rosenwirt" und dem ischt eine Körperverletzung nicht zuzutrauen!"

"Ja, was das Gericht auf Grund dieser mikroskopischen Untersuchung thut, das hat den Arzt nichts zu kümmern! Das Signalement ischt richtig, dafür stehe ich ein! Das Weitere ischt Sache des Untersuchungsrichters!"

Dr. von Bauerntanz mochte etwas mehr Anerkennung erwartet haben, doch Ehrenstraßer schien geradezu traumverloren zu sein. So entfernte sich der Gerichtsarzt, kühl grüßend, und der Richter blieb in tiefen Gedanken in der Kanzlei zurück. Das Signalement bereitet ihm wirkliche Sorge in betreff der einzuleitenden Maßnahmen. Nur keine Mißgriffe, keine Übereilung! Aber eine Probe soll angestellt werden dahin, ob auch andere Menschen aus dem ärztlichen Signalement den "Rosenwirt", herausfinden. Ehrenstraßer ließ sich den Gendarmenwachtmeister kommen, der zufällig zu Hause war und daher sogleich erscheinen konnte. Ihm las der Richter das Signalement vor und der Wachtmeister platzte in größter Überraschung heraus. „Das ischt ja der ‚Rosenwirt'! Was hat denn selles Mandl angestellt?"

„Das kann ich noch nicht sagen! Bringen Sie mir den Mann, achten Sie aber bei Übermittelung des Vorführungsbefehles auf dessen Benehmen und etwaige Anzeichen von Schrecken &c. Finden Sie ihn nicht zu Hause, so warten Sie auf ihn irgendwo. Es soll alles möglichst ohne Aufsehen geschehen! Eine eigentliche Verhaftung soll es nicht sein! Haben Sie mich verstanden?"

„Zu Befehl, Herr Bezirksrichter!"

Der Wachtmeister ging und schon nach einer Stunde brachte er den heillos erregten „Rosenwirt" in die Gerichtskanzlei.

Indes der Gendarm sich entfernte, übernahm der Aktuar den Dienst der Niederschrift des Verhörs.

Ehrenstraßer richtete in mühsam erkämpfter Ruhe die Frage an den aufgeregten Wirt: „Wo haben Sie die Nacht vor drei Tagen verbracht?"

Wie weggeblasen schien die Aufregung des Vorgeführten, und mit einer geradezu verblüffenden Ruhe erwiderte der Wirt: „In seller Nacht war ich daheim!"

Alle weiteren Fragen in Kreuz und Quer beantwortete der Wirt mit unerschütterlicher Ruhe und nannte Zeugen für sein Alibi. Die Situation verschob sich, diesmal ist der Richter aufgeregt, der Vorgeführte gelassen. Ehrenstraßer fühlte das Unangenehme dieser Situation, welche schlimm für einen Untersuchungsrichter ist. Sein Blick fiel auf den eifrig kritzelnden Aktuar, mit welchem Ehrenstraßer schon vor Jahren vereinbart hatte, bei Verhören etwaige Wahrnehmungen zur unmerklichen Meldung dadurch zu bringen, daß der Aktuar seine Beobachtung oder eine Vergeßlichkeit des Richters in der Fragestellung auf die Unterlage des Protokollbogens niederschreibt.

Ehrenstraßer bemerkte dieses für dritte Personen ganz unverfängliche Kritzeln, hielt mit dem Diktieren inne, trat zum Schreiber und las das Gekritzel, während er scheinbar den Faden zum Weiterdiktieren suchte.

Das Gekritzel besagte. „Der Mann starrt auffällig auf den Tisch, ist die Mütze ihm gehörig?"

Da die Mütze mit einem Bogen Papier verdeckt war, konnte sie der Wirt doch nicht sehen. Sollte er sie aber doch gesehen haben, so würde sein auffälliges Hinstarren allerdings sehr verdächtig sein.

Ehrenstraßer fand jetzt die Ruhe wieder und gelassen nahm er die Mütze in die Hand, wobei er den Wirt scharf im Auge behielt. Dieser zwang sich ersichtlich zum Ruhigbleiben, doch das Flackern im Auge vermochte er nicht ganz zu unterdrücken.

„Kennen Sie diese Mütze?"

„Nein!"

„Ich meinte nur? Sie gehört wahrscheinlich dem Tobias Haid!"

„Das glaub' ich auch!"

„Kennt Ihr den Haid?"

„Nein!"

„Wie könnt Ihr dann glauben, daß die Mütze dem Haid gehört?"

Der Wirt schwieg und senkte die Augenlider.

„Ihr könnt gehen, Rosenwirt!"

Unwillkürlich stieß dieser einen Seufzer der Erleichterung aus, den sowohl Ehrenstraßer wie der Aktuar hörten, und trollte mit auffallender Hast hinaus.

Ein verzwickter Fall: Verdächtige Anzeichen sind vorhanden, doch scheint eine Verhaftung doch verfrüht. Zum mindesten möchte Ehrenstraßer den Fall mit Haid vorher geklärt wissen.

Und diese Klärung brachte der nächste Morgen mit einem Schreiben des Nachbargerichts inhaltlich der Anzeige, daß vor jenem Gericht ein Bürger von dort angegeben habe, in fraglicher Nacht im Walde auf der Bergstraße gegen Mitternacht einem höchst verdächtigen Manne begegnet zu sein. In der Voraussetzung, daß in jener entlegenen Berggegend um Mitternacht der Unbekannte nichts anderes als räuberische Absichten haben konnte, sei jener Bürger auf den Räuber losgesprungen, habe ihm mehrere Hiebe verabreicht, worauf der Unbekannte die Flucht ergriffen habe.

„Wenn da nicht Haid und jener Bürger sich gegenseitig als Räuber betrachtet und geprügelt haben, will ich mein Geschäft aufgeben!" rief Ehrenstraßer und lud beide Männer vor.

Das Ergebnis dieser Citation war wenige Tage später ein alle Teile belustigendes: Beide Männer hatten sich bei der Begegnung im Bergwald um Mitternacht vor einander gefürchtet, waren aus Angst aufeinander losgesprungen, und jeder hieb los, um dann eiligst die Flucht zu ergreifen. Von räuberischer Absicht konnte bei Haid wie beim Bürger keine Rede sein. Soweit war dieser Fall zur allgemeinen Befriedigung erledigt.

Blieb nur noch die Geschichte mit dem mikroskopischen

Signalement, und in dieser Sache sollte Ehrenstraßer wieder einmal den Wert einer gutgeschulten Gendarmerie erproben. Wiewohl ohne speziellen Auftrag, lediglich durch den damaligen Vorführungsbefehl aufmerksam gemacht, beobachtete der Wachtmeister den „Rosenwirt" unauffällig und schritt in dem Augenblick zur Kontrollierung, als der Wirt die Flucht ergreifen wollte. Die heftige Gegenwehr veranlaßte den Wachtmeister, den rabiat gewordenen Wirt vor den Richter zu bringen, der eben den Verhaftungsbefehl niederschrieb. Unter dem Eindrucke seiner Verhaftung und des entdeckten Fluchtversuches gab der Wirt das Leugnen auf, anerkannte die Mütze als sein Eigentum und gestand die schwere Körperverletzung zu.

Somit war diesmal ein Verbrecher mit Hilfe des Mikroskopes entdeckt worden, und Ehrenstraßer hielt fürder den klugen, jungen Adjunkten hoch in Achtung.

Das Frohgefühl einer befriedigenden Erledigung dieser Fälle wich am nächsten Tage einer beispiellosen Überraschung, die den alten Richter hüpfen machte. Unter dem Briefeinlauf für das k. k. Bezirksgericht befand sich eine Geldanweisung auf 18 Gulden, aufgegeben von jener Gemeindevorstehung, welche den Umlauf falschen Geldes gemeldet hatte. Der findige Bauernbürgermeister hatte die Depesche des Gerichts inhaltlich der Anforderung zur Einsendung der Falsifikate dahin aufgefaßt, daß er die falschen Gulden- und Kronenstücke auf dem Postamt seines Wohnortes mittels — Postanweisung einzahlte, und das gutgläubige Postfräulein hatte die Falsifikate ruhig entgegengenommen und wieder hinausgegeben. Ehrenstraßer vollführte einen Indianertanz in seiner Kanzlei, dann aber ordnete er sogleich eine Kommission in dieser Sache an und noch am Nachmittag reiste er selbst in Begleitung seines Aktuars und des Wachtmeisters nach jener Gemeinde ab.

XVI.

Während die Kommissionsmitglieder vor dem Gemeindehause warteten, nahm in der Gemeindekanzlei der Bezirksrichter den genialen Bauernbürgermeister vor, wie es sich angesichts des verübten Geniestreiches gebührt. Ehrenstraßer rüffelte den Mann im breiten Dialekt, damit der Vorsteher sicher jedes Wort verstehe, doch hatte es Schwierigkeiten, dem Manne die begangene Dummheit begreiflich zu machen.

„Ischt denn die Anweisung falsch ankemma (angekommen)?" fragte der Vorsteher immer wieder.

„Deine haarsträubende Dummheit besteht ja darin, daß du das angesammelte falsche Geld wieder ausgegeben hascht!"

„Sell hun (habe) i ja müssen!" beteuerte der Vorsteher.

„Warum denn?"

„I hun ja decht gutes, echtes Geld für das falsche hergegeben!"

„Wieso?"

„Na ja! Der Kerschenwirschth (Wirt) hat g'sagt, i als Vorsteher müßt' das falsche Geld konfiskalieren von Polizei wegen —"

„Und da hast du dem Wirschth für die Falsifikate echtes Geld gegeben?"

„Freilich! Sunst hätt' 's mir ja der Wirschth nöt eing'händigt! Er, hat er g'sagt, kunnt den Schaden nit allein tragen! Er hat ja an' Wein und sonstiges ausg'folgt und das falsche Geld dafür in Zahlung nehmen müssen!"

173

Ehrenstraßer hustete ob dieser Darstellung.

„I möcht' glei' nur bitten um a milde Straf'!"

Was wollte der Richter angesichts solcher Dummheit machen! Er begann das Verhör in praktischer Weise zu erweitern und fragte, weshalb auf dem Senner der Kreuzalpe der Verdacht einer Münzfälschung liege.

„Weil er in der letzten Zeit viel ‚schwarzes Mehl' eingekauft hat!"

„Hat der Senn das schwarze Mehl selber gekauft?"

„Der Krämer sagt nein!"

„Wer hat dann gekauft?"

„Dem Senn sein G'spusi (Geliebte)!"

„Und hat selles Dirndl mit Falschgeld bezahlt?"

„Das wissen wir nit!"

Ehrenstraßer erkannte, daß von diesem Prachtexemplar eines Dorfhäuptlings nichts weiter zu erforschen ist und die Erhebungen in anderer Richtung angestellt werden müssen.

Verdächtig bleibt die Existenz eines weiblichen Wesens in der Sache, denn bei Münzfälschungen wird immer ein Weib hauptsächlich die Verbreiterin der Falsifikate sein, das ist eine alte Gerichtserfahrung. Ehrenstraßer ließ sich sagen, wo die Dirne zu finden ist, und beendete das Verhör mit dem Auftrage, es solle der Vorsteher so weit als möglich die Falsifikate konfiszieren und zwar ohne dafür Entschädigung zu zahlen und die gesammelten Münzen in einem verschlossenen Sacke an das Gericht schicken.

Beim Dorfkrämer erfuhr der Richter lediglich, daß Ursula, des Kreuzalpsenners Geliebte, in letzter Zeit häufig Pulver holte und bezahlte. Daß die Silberstücke falsch waren, kam erst hinterdrein auf, als der Krämer seine Weinschuld beim Wirt bezahlen wollte, und verschiedene Kronenstücke als falsch beanstandet wurden.

Ehrenstraßer warf ein: „Weißt du denn, Krämer, ob gerade das von der Ursula gezahlte Geld falsch war?"

„Das ischt decht leicht zu erraten! Das Pulver braucht der Senn decht nur zum Wildschießen und die Urschi ischt sein Schatz! Also ischt au' das Geld nicht in Ordnung!"

Daß die Untersuchung nun bei der Ursula beginnen muß, war klar, doch wenig angenehm, denn es wird der Richter gezwungen sein, einen beschwerlichen Aufstieg zur Urfahrnalm, wo die Ursula als Sennin thätig ist, zu machen. Dazu ist es aber für den heutigen Tag zu spät, man muß daher im Dörflein übernachten.

Die Freuden des kommissarischen Landaufenthaltes konnte Ehrenstraßer am Abend vollauf genießen; zum Imbiß fettes, gesottenes Schaffleisch und saueren Rötel, zur Nachtruhe ein schweres Hühnerfedernbett, dessen Gestell um schier einen halben Meter zu kurz ist. Doch kostete dieses Übernachten nur zehn Kreuzer pro Mann.

Der Feldzugsplan war verabredet, es marschieren der Aktuar und der Wachtmeister zur Kreuzalpe, bleiben aber unterwegs versteckt und warten, bis von der Alm aus der Richter mit dem Taschentuch das Zeichen zum raschen Anmarsch giebt.

Die Besuche und ersten Erhebungen will Ehrenstraßer selbst vollführen.

Würde der Aufstieg dem Vergnügen gelten, der Ausflugstag könnte nicht schöner sein, ein prachtvoller Morgen im schönsten Sonnenglanz, die tiroler Wunderwelt zeigt sich in allen Zaubern, im Bergwald jubilieren die Finken und Grasmücken, die geschäftigen Meisen piepsen ihr allerliebstes „Zizibeh — Zizibeh" und gucken dann dem einsamen Bergwanderer neugierig nach.

Für die Reize der Umgebung hatte Ehrenstraßer, so sehr er sonst ein begeisterter Naturfreund ist, diesmal wenig Sinn; ihn beschäftigt zu sehr die Frage, auf welche Weise dem Paare beizukommen sein könnte, wenn wirklich just bei diesen Leutchen etwas an der Sache sein sollte. Besonders wahrscheinlich ist das nicht, wiewohl die Praxis ja solche Fälle kennt und Falschmünzerei auf der Alp vorgekommen ist.

Höher stieg die Sonne, es ward heiß, bis Ehrenstraßer endlich die Urfahrnalm zu Sicht bekam. Nach einem halben Stündchen war die düstere, Kühlung verheißende Hütte erreicht, und aufatmend ließ sich der Richter auf der Bank vor der verwitterten Hütte nieder. Niemand zu Hause, doch steht die Thüre offen; Ehrenstraßer suchte die Umgebung ab, und erblickte denn auch bald die Sennerin, die mit schwerem Grasbündel auf dem Kopf von der Bergmahd zurückkam.

Entgegen sonstigem Almbrauch fiel die Begrüßung des Bergsteigers seitens der derbknochigen Sennin Ursula frostig aus, und die Frage nach dem Begehr klang eher abwehrend denn einladend.

„Ein Schaalerl Humorsuppe (Kaffee) könntest mir decht geben für mein Geld und gute Worte!" meinte lächelnd der Beamte.

„Ich hun koanen!"

„Na, so gieb mir halt einen Weidling Milch für einen Sechser!"

Ein forschender Blick streifte den Besucher, dann holte Urschi die verlangte Milch aus dem Kellerchen und stellte sie nebst einem Blechlöffel auf den Tisch in der Hütte, wo inzwischen Ehrenstraßer Platz genommen hatte.

Die Geldmünze, welche der Richter sogleich auf den Tisch legte, ignorierte Urschi, weshalb Ehrenstraßer möglichst harmlos sagte. „Brauchst keine Angst zu haben, mein Geld ischt echt!"

Jäh wendete sich die Sennin nach dem Sprecher um und warf ihm einen stahlharten Blick zu.

„Bischt vielleicht schon ausgeschmiert worden mit falschem Geld, weil du so grimmig schaust?"

„Wer seid 's Ös denn, Herr?"

„Ich? O mein', ich bin gleich nur so ein Schulmeisterle aus Innsbruck und mach' eine Spritztour!"

„So? Na, dann behalt' nur den Sechser, die Milch kostet nix!"

„Auch recht! Ich dank' halt recht schön! Unser einer muß die Kreuzer zusammenhalten, auf daß ein Gulden d'raus wird!"

Die Sennin schien sich zu beruhigen, das anfängliche Mißtrauen wich, das Schulmeisterle ist nicht verdächtig.

„Bischt zum erstenmal bei uns herinnen im Birg?"

„Ja! Ischt prächtig schön bei Enk! Sag' Sennin, habt Ihr viel Gamselen im Birg?"

„Bischt du 'leicht a Jaager?"

„'s Gamselen schießen, sell wär' halt mein Leben! Aber ein alter Schulfuchs kommt halt nicht dazu! Ein einzigesmal auf 'm Rumer Joch hab' ich ein Gamsele g'schossen und gut ischt's 'gangen, war weit und breit kein Jäger und kein Gendarm!"

Die Zutraulichkeit wuchs infolge dieses Geständnisses eines Wilddiebstahles, Ursula lachte. „Hascht den Bock gut versilbern können?"

„Laß mich aus mit dem Versilbern! Weiß man denn heutzutage, welches Geld echt ischt!"

Wieder ein forschender Blick.

„Mit dem neuen Geld ischt es ein Kreuz, die guten Silbergulden wollen sie einziehen und die neuen Kronen kennt kein Mensch voneinander. Gleich gestern hab' ich ein solches Stückl erwischt und hinterdrein war es falsch."

„Wo denn? Decht net in unserem Dörfl unten?"

„Na, na! Ischt merkwürdig: überall heißt es, das neue Geld ischt falsch und grad daherinnen hört man davon nix!"

Ein spöttischer Zug huschte über die scharfgeschnittenen Lippen der starkknochigen Sennin. „Kennst du 'leicht selles Geld gut auseinander?"

„Wie sollt' denn grad' ich dazukommen?!"

„Ischt es war, daß die Silbergulden ein'zogen werden sollen?"

„Die nächsten Jahr' noch nicht!"

„Da bin ich aber froh!"

„Warum?"

„Ja, wißt Herr! Bald hun' ich den zweiten Strumpf voll mit Silbergulden und aftn kann ich heiraten!"

„Ah, da gratulier' ich!"

„Ja, ich halt' 'was drauf, lauter gutes, altes Geld, nöt so das neumodische G'lump! Hat mir erscht vor etlichen Tägen ein Herr zwei Kronen oder wie man's nennt, g'schenkt für 's Übernachtbehalten und selles neumodische G'lump möcht' gern los sein!"

„Möchst wohl einen Silbergulden dafür haben?"

„Wenscht so gut sein willscht, Schulmoaster!"

„Gern!" erwiderte der Richter und zog sein Portemonnaie hervor, um einen Silbergulden herauszunehmen.

Daß die Sennin ihre Kronen in der Tischlade ohne besondere Verwahrung liegen hatte, erschien verdächtig. Ehrenstraßer beobachtete die Person sehr scharf, als sie vermied, die Geldstücke irgendwie auf dem Ahorntisch klingen zu lassen, und selbe ihm in die Hand geben wollte.

Der Richter spürte augenblicklich, daß sich die Kronen etwas fettig angriffen und sah den matten Schimmer; es sind also wirklich Falsifikate. In größter Harmlosigkeit vollzog Ehrenstraßer das Tauschgeschäft, bei welchem die Sennin eine Sicherheit bekundete, die darauf schließen läßt, daß Urschi das Verbreiten von Falsifikaten schon längere Zeit hindurch übte. Sonderbar bleibt nur, daß sie es bei einem wildfremden Menschen sogar auf der Alm probiert. Vielleicht aber hält sie den angeblichen Schulmeister für harmlos genug, den Schwindel zu verüben.

Zufrieden mit der Durchführung seiner Rolle und den erwischten Falsifikaten wollte Ehrenstraßer nun das Gespräch auf den Senn überleiten, doch wich Ursula geschickt aus mit der Beteuerung, daß sie seit Jahren nicht auf die Kreuzalm gekommen sei und den dortigen Senn kaum einmal gesprochen hätte.

„Ischt die Fernsicht besonders schön auf der Kreuzalm oben?"

„Ich glaub' nit?"

„Na, probieren möcht' ich's decht! Jetzt bin ich schon so weit heroben, da kommt es auf das Stünderl nimmer an!"

„Was? Ein Stünderl? Gut drei Stunden rechnet man auffi! Und sehen thuscht nixen! Der Senn ischt a wildes Mannsbild und zum Essen kriegst au' nixen! Ich rat' dir gut. Bleib' bei mir! Ich koch' dir an Retzel (Schmarren, Mehlspeise) grad nobel und auf a Tupfele Schnaps kommt's mir au' nit an!"

Diese Haltung der Urschi veranlaßte Ehrenstraßer, unverweilt aufzubrechen, doch übte er die Vorsicht, vorzugeben, daß er noch einen Spaziergang über den Almgrund machen und zum Essen zurückkehren wolle.

Damit durfte der Richter hoffen, Ursula auf ihre Alm zu bannen und einer rechtzeitigen Warnung des Sennen vorzubeugen.

Eine Schwierigkeit bot freilich die Unkenntnis des zur Kreuzalp führenden Steiges, doch wird hoffentlich die mitgeführte Generalstabskarte Aufschluß erteilen.

„Kimm fein g'wiß wieder in einer Stund'!" rief Urschi dem fortgehenden vermeintlichen Schullehrer nach. Ehrenstraßer stapfte gelassen dem Walde zu und studierte scharf das anzeigende Terrain. Ein steiniger Kuhweg verliert sich oben am Rhododendrongestrüpp. Auf der Karte ist dieser Weg eingezeichnet, der Richter findet auch die Höhendifferenz mit etwa 120 m angegeben, also kann die Kreuzalm in spätestens einer Stunde erreicht werden. Es gilt nun, den Wald schräg zu durchqueren und unterhalb der eingesprengten Felswandeln an den Steig zu gelangen, der aufwärts führt. Das ist nun leichter gesagt als gethan, zumal in der Mittagshitze, und Ehrenstraßer ist kein Junger mehr. Aber ein Sohn der Berge bewahrt sich eine gewisse Steigfähigkeit bis in späte Tage. Mag der Schweiß von der Stirne rinnen, der Atem pfeifen, der Steiger ist im Dienst, es muß sein.

Der Wald will kein Ende nehmen; sollte sich Ehrenstraßer vergangen, im Kreise bewegt haben? Der Zeit nach scheint dem so zu sein, die Uhr zeigt den Umfluß von bald zwei Stunden. Eine Orientierung im Bergwald ist nicht möglich, die Fichten verwehren jeden Ausblick. Ein Glück, daß der allzeit vorsichtige Beamte den kleinen Kompaß in der Westentasche stecken hat, mit dessen Hilfe und der Karte die Richtung einigermaßen festgestellt werden kann. Richtig war es ein Abweichen nach links, statt streng nach rechts. Schon nach weiterem halbstündigen Steigen versperrten die Wandeln das Aufwärtsstreben, Ehrenstraßer bog daher nach rechts vollends aus und kam an die Waldlisiere, bald darauf waren Spuren eines verfallenen Steiges zu entdecken. Noch eine Viertelstunde scharfen Ansteigens, da erwartete den keuchenden Richter eine Überraschung. Der Aktuar und der Wachtmeister hielten im Schatten einer Felsnase Rast und bei ihnen saß schimpfend — — Ursula.

Ehrenstraßer guckte, reden konnte er nicht, er mußte erst seine Lunge in Ordnung bringen.

Die Situation wurde von den aufspringenden Kommissionsmitgliedern sogleich aufgeklärt; der Wachtmeister glaubte die in größter Eile heraufspringende Sennerin bis zur Ankunft des Richters unter allen Umständen festhalten zu müssen.

„Brav gemacht, Wachtmeister! Die wackere Ursula ischt verhaftet!"

Im selben Augenblicke hatte ihr der Gendarm auch schon die Kettenfessel um die Handgelenke gebunden. Auf die Flut von Schimpfworten achteten die Herren weiter nicht.

Ehrenstraßer wiederholte nun die Ordre, daß die Kommission samt der verhafteten Sennerin sehr langsam so weit vordringen sollte, bis das optische Signal mit dem Taschentuch gesehen werden könne, und stapfte sodann zur Kreuzalpe hinauf.

Das Herannahen eines Herrn hatte der Senn alsbald bemerkt und sein Mißtrauen wachgerufen, doch ergriff er keineswegs die Flucht. Ehrenstraßer that, als bewundere er die Fernsicht, er blieb absichtlich an einer Stelle, welche einen prächtigen Fernblick gestattete, stehen. Erst nach einer Weile trat er zur Hütte und rief hinein.

Mürrisch fragte der stämmige Bursche, was der Herr wolle, erklärte aber rundweg, nichts verabreichen zu können, weil er nichts besitze.

Auf ein Gespräch ließ sich der verschlossene Senn nicht ein, so blieb dem Richter nichts weiter übrig, als auf das Nahen des Gendarmen zu warten. Die Situation war nicht eben erfreulich; will der Verdächtige fliehen, so kann ihm die Flucht nicht verwehrt werden, es giebt noch andere Pfade als den von der Kommission besetzten. Die Ankündigung einer Verhaftung ist zwecklos, vielleicht verfrüht, wenn nicht gefährlich.

Auf der Bank vor der Hütte ausruhend, blickte Ehrenstraßer mit gewisser Sehnsucht den Steig hinunter und hielt das Taschentuch zum Signalisieren bereit. Doch ehe von seinen Leuten noch etwas zu sehen war, ertönte ein schriller Käuzchenruf[11] aus der Tiefe herauf, der den Sennen augenblicklich veranlaßte, herauszuspringen und Umschau zu halten.

Ehrenstraßer kannte den Warnruf und wußte, daß eingeschritten werden müsse. „Im Namen des Gesetzes, Ihr seid verhaftet!" rief Ehrenstraßer und bekannte sich als den Bezirksrichter aus der Amtsstadt.

Der Senne zuckte wohl etwas zusammen, blieb aber wie angewurzelt stehen, sein Blick galt keineswegs dem Beamten, sondern dem Schauspiel am Steig unten. Die Kommission war im Anstieg und die gefesselte Ursula bemühte sich, den Käuzchenruf zu wiederholen, während der Wachtmeister bestrebt war, der Sennerin den Mund zuzuhalten. Mit einem Male kam Leben in den kräftigen Burschen, in mächtigen Sätzen sprang er den Steig hinunter. Ehrenstraßer schrie gellend einen Warnungsruf nach, den der Wachtmeister sogleich hörte und beachtete.

Bevor noch der Senne den Angriff vollführen konnte, stand der Gendarm mit dem Gewehr schon schußfertig im Anschlag. Ursula mag jetzt zetern, so viel sie kann und will. Der Senne prallte zurück und ergab sich; willig ließ er sich die Kette um die Handgelenke legen.

Man begab sich nun völlig hinauf zur Kreuzalpe, in deren Hütte Ehrenstraßer die Hausdurchsuchung mit seinem Aktuar vornahm, während der Wachtmeister das gefesselte Paar bewachte.

So viel aber der erfahrene Richter nachforschen mochte, er fand nichts, absolut nichts vom Handwerkszeug des Falschmünzers. Schon wollte er den Aktuar beauftragen, den nahe der Hütte angelegten Düngerhaufen mit einer Mistgabel zu durchstochern, da fiel Ehrenstraßer an der Hängeuhr im Stübchen auf, daß die Uhrgewichte seltsamerweise in Gradelzeug eingenäht sind. Derlei hat der Richter noch niemals gesehen und sofort schnitt er den grauen Stoff mit dem Federmesser durch. Welche Überraschung! Statt der Gewichte hatte der schlaue

Falschmünzer nagelneue Silberfalsifikate, lauter falsche Kronenstücke, eingenäht und dieselben als Uhrgewicht benutzt, die er vor Entdeckung wohl geschützt glauben mochte. Nun kann es keinem Zweifel mehr unterliegen, daß sich auf dieser Alpe auch der Prägestock und sonstige Utensilien vorfinden müssen. Aber wo?

Ehrenstraßer hielt inne im mühsamen Suchen und überdachte die Fälle aus der Praxis. Am häufigsten pflegen Leute zum Vergraben den Keller zu benutzen und die Alpe hat ein Kellerchen zur Aufbewahrung von Milch und Käse. „Aktuar, bringen Sie mir rasch einen Kübel Wasser!" rief Ehrenstraßer.

Nach wenigen Augenblicken war das Gewünschte zur Stelle und der Richter begab sich damit in das Kellerchen, auf dessen Boden er reichlich und plötzlich die Wassermenge ausgoß und die Wirkung dieses Gusses auf das Erdreich scharf beobachtete. Richtig ist eine Stelle vorhanden, an welcher das Wasser sehr rasch einsank und zugleich Luftblasen ausfliegen.

Das beweist, daß hier die Erde lockerer, vor kurzem ausgegraben worden ist.

Nun ließ sich Ehrenstraßer eine Schaufel reichen, mit welcher er zu graben begann. Eine Viertelstunde später waren die hier vergrabenen Utensilien gefunden, das Geheimnis ist entdeckt.

Und beim Ansichtigwerden dieser Gegenstände und Vorzeigen der an der Uhr gefundenen Falsifikate legte der Senne ein volles Geständnis ab, das sofort zu Protokoll genommen wurde. Das Fälscherpaar transportiert der Wachtmeister hübsch zu Fuß nach der Amtsstadt, während der Aktuar im Auftrage seines Chefs den Gemeindevorsteher von der zwangsweisen Entfernung des Paares von den beiden Almen verständigte.

Es war nun Sache der betreffenden Alpbesitzer, schleunigen Ersatz zur Wartung des Almviehes &c. hinaufzusenden.

Mit voller Befriedigung über die erfüllte Dienstpflicht konnte Ehrenstraßer nach Hause fahren.

XVII.

Es kam fast nie vor, daß Herr Ehrenstraßer in seinem Hauswesen sich in die Küche verirrte, meist verbrachte er die wenige freie Zeit in seiner Studierstube oder im Wohnzimmer bei Gattin und Kindern, aus welch letzterem ihn freilich der Lärm seiner Mädels bald wieder verjagte. Eines Abends kehrte der Richter aus der Kanzlei nach Hause zurück, und im Korridor seiner Wohnung vernahm er ein lebhaftes Gespräch, das ihn veranlaßte, in die Küche zu treten. Frau Bianca dankte in ihrer südländischen Lebhaftigkeit eben einer Bäuerin für überbrachte Butter und einen mächtigen Topf Honig, worauf die Gebirglerin bat, es möge die gnädige Frau Richterin ein gutes Wort beim Bezirksrichter einlegen, auf daß er die Sache nicht so scharf nehme mit ihrem Sohne.

Ehrenstraßer stieg alles Blut zu Kopf beim Anhören dieser Worte, hastig trat er vollends ein und in flammender Entrüstung wies er jegliche Gabe zurück. Die auf den Tod erschrockene Bäuerin mußte augenblicklich ihre Sachen an sich nehmen und das Haus verlassen.

„Ma, prego carissimo!" vermochte die überraschte Gattin noch zu rufen, dann verschlug es ihr die Rede, denn Ehrenstraßer nahm seine Frau am Arm und zog sie in seine Studierstube, um der Gemahlin den Standpunkt darüber klar zu machen, was es für einen Richter heißt, unbestechlich und unantastbar in seinem Privatleben zu sein.

Bianca stand betäubt, wie erstarrt; in solcher Entrüstung, so zornig hat sie den Gatten noch nicht gesehen. Was er alles gesagt, verstand sie nicht, aber sie fühlte es, daß der

186

Gemahl ihr Verhalten aufs höchste tadelnswert findet, daß er nichts weniger denn höflich ist. Der Stolz bäumte sich in ihr auf und im Stolzgefühl fand sie auch die Sprache wieder, um mit welscher Verve zu protestieren, daß wegen einer solchen Bagatelle ein solcher Spektakel aufgeschlagen werde.

„Tace!" schrie Ehrenstraßer, „schweig!" Die Ehre ischt des Richters höchstes Gut, das kostbarste Juwel seine Unbestechlichkeit! Der Richter muß tadellos, unantastbar vor der Welt und in seiner Gemeinde stehen! Wenn du dieses Gebot nicht verstehst und fühlst, dann muß es dir begreiflich gemacht werden und zwar in einer Weise, daß du diese Stunde fürs ganze Leben nicht mehr vergißt!

Nicht die mindeste Kleinigkeit darf ohne Bezahlung angenommen werden! Die Entgegennahme auch nur einer winzigen Bagatelle schändet des Richters Ehre, macht ihn unwürdig seines heiligen Amtes! Ich beklage es tief, daß mein eigenes Weib sich herabwürdigt, Geschenke anzunehmen, den Versuch einer Bestechung zu dulden. Ich verbiete das auf das schärfste und erkläre dir, daß eine Wiederholung dieser häßlichen Handlung mich zwingen würde, die Konsequenzen in der schärfsten Art zu ziehen!"

„Sangue della Madonna!" rief Bianca. „Das sein annuncio della divorzio, du wollen dich lassen scheiden!" In einer Redeflut begann die lebhafte Frau ihren Gedanken Ausdruck zu geben, daß es unerhört sei, wegen solcher Bagatellsachen eine solche Scene zu machen und die eigene Frau zu mißhandeln. Und im Zorn regnete es Vorwürfe über das Jammerleben an der Seite eines Mannes, der nichts anderes kenne als sein Amt und die „Verfolgung armer Leute". Das sei kein Leben mehr, wenn man selbst für Geld schier nichts bekomme, wenn man keinen Mann zum Spazierengehen und Vergnügen habe und gezwungen sei, jahraus und jahrein hinter den Mauern einer durchaus ungenügenden

Wohnung zu vertrauern. Dazu habe sie nicht geheiratet! Und andere Leute seien froh, wenn ihnen von den Bauern etwas Nützliches ins Haus gebracht werde! Das Ehrgefühl dürfe nicht übertrieben werden, ein Happen Butter, für welches sie der Bäuerin ein abgelegtes Kinderkleidchen schenken wollte, verdiene nicht so ein Aufhebens. Überhaupt habe sie das Leben in der kleinen Stadt satt, schon lange satt. Die Mädels brauchen eine bessere Schule, die hiesige genüge keineswegs, und sie selbst in ihren besten Jahren sei nicht gewillt, in diesem langweiligen Neste zu verbauern und zu versauern. Wolle der Herr Gemahl in seinem übertriebenen Ehrgefühl weiter drangsalieren, gut, den Antrag auf Scheidung könne sie selbst stellen, doch werde sie diese Angelegenheit von einem welschen Gericht entscheiden lassen, ein deutsches Gericht sei hierin zu befangen. Und die Mädels werde sie selbst mitnehmen und dafür sorgen, daß sie in der Heimat der Mutter erzogen und der Muttersprache erhalten bleiben. Mit der thränenreichen Behauptung, daß diese Tedeschi immer Barbaren seien und bleiben, schloß die heftige Erörterung, auf welche Ehrenstraßer lediglich erwiderte, daß seine Kinder deutsch zu bleiben haben und seine Anordnungen auf das strengste beachtet werden müssen.

Der Eintritt Emmys gab der aufgeregten Frau sofort Anlaß, mit einer neuen Anklage vorzugehen, die in der Behauptung gipfelte, daß Ehrenstraßer seine Liebe den Kindern zweiter Ehe vorenthalte und ausschließlich Emmy zuwende, was beweise, daß er eben seine erste verstorbene Frau noch immer liebe und die zweite Frau gröblich vernachlässige, aus ihr lediglich einen Dienstboten machen wolle.

Erschrocken rief Emmy: „Aber, Mama! Bist du von Sinnen?" Die Taktik ändernd, ging Frau Bianca sofort zum Angriff gegen die Stieftochter über, wissend, daß sie den Gatten in

Emmy am schärfsten treffen könne. Und gleich der erste Hieb brachte die Stieftochter zum schmerzlichen Aufschreien, indem Bianca behauptete, das Heiratsprojekt habe den alten Ratschiller in den Tod getrieben.

„Kein Wort weiter!" gebot Ehrenstraßer, dem die Adern schwollen. Der Anblick des Gatten mochte Bianca doch einschüchtern, sie schwieg und rauschte hinaus.

Weinend warf sich Emmy an des Vaters Brust und auch Ehrenstraßer zerdrückte eine Thräne im Auge. Langsam begann er dann zu sprechen, der Tochter zu schildern, was er gelitten während der Untersuchung im Falle Ratschiller, wie gräßlich es war, der Familie durch Aufdeckung des Selbstmordes solch' bitteren Schmerz und pekuniären Schaden bereiten zu müssen, und auch dem eigenen Kinde.

„Sprich nicht von mir, teurer Vater! Ich habe es überwunden!"

„Die Zeit wird den Schmerz lindern, vielleicht fügt der allmächtige Gott doch noch euch zusammen! Ich will gerne bei Gelegenheit sehen, wie sich bei Franz die Verhältnisse entwickelt haben!"

Ein inniger Kuß drückte den Dank und wohl auch eine stille Hoffnung aus. Emmy verließ den herzensguten Vater.

Im Richterhause verblieb eine Schwüle zwischen den Ehegatten, die einen schweren Sturm anzukündigen schien. Bianca brachte es fertig, zu schweigen, sich kühl zu verhalten, und die Mädels empfanden die Spannung so sehr, daß sie fast stumm umherschlichen und jeglichen Lärm unterließen. Dagegen schrieb die Richterin viel und trug ihre Briefe der Sicherheit halber selbst zur Post.

Wohl wurden die Mahlzeiten gemeinsam eingenommen, doch das Verweilen am Familientische war peinlich, man schwieg sich aus. Die fatale Situation wurde nicht besser durch eine erhebliche Qualitätsverminderung der Tischgerichte, die von der boshaft gewordenen Gebieterin absichtlich herbeigeführt ward.

Eine Woche ertrug Ehrenstraßer diese Vernachlässigung, eines Tages aber gestattete er sich eine diesbezügliche Bemerkung, auf welche sofort die schnippische Antwort erfolgte, daß um diese Jahreszeit in solchem Nest eben nichts Besseres zu haben sei. Genüge diese Kost dem unantastbaren Herrn Richter nicht, so möge der gnädige Herr auswärts essen.

„Bianca, sei vernünftig!" mahnte Ehrenstraßer.

„Bin ich! Wird nicht mehr lange dauern!"

„Was soll das heißen?"

Bianca verließ, ohne Antwort zu geben, die Stube.

Ehrenstraßer kämpfte mit sich, die Entrüstung wollte ihn übermannen. Da war es Emmy, die seinen Zorn verscheuchte durch die liebreichen Worte: „Lieber Vater! Es ischt ja meine Mama trotz alledem!"

Diesem Auftritte sollte alsbald eine nicht gerade angenehme Überraschung folgen durch die Ankunft von Biancas Mutter. Frau Zuccatis Einzug in das Richterhaus vollzog sich geräuschvoll, mit echt welschem Lärm, der durch die Aufregung der alten Italienerin und deren Gejammer über die unmenschliche Behandlung, so ihre arme Tochter von dem deutschen Barbaren erlitten, noch gesteigert ward.

Diese Klagen und Verwünschungen fanden bereits auf der Treppe statt, so daß die Parterrebewohner gleich sozusagen aus erster Hand Kenntnis von den neuen Verhältnissen und einer drohenden Katastrophe bei Ehrenstraßer erhielten.

190

Den dramatischen Höhepunkt erreichten die Lamentationen natürlich in der Wohnung selbst, nachdem die Mädels die mitgebrachten Leckerli in die Mündchen gesteckt erhalten hatten. Dann hielten die welschen Damen Kriegsrat mit größter Zungengeläufigkeit, wobei beide immer gleichzeitig sprachen und keine auf die andere hörte.

Emmy erhielt von der Ankunft der Frau Zuccati durch das Dienstmädchen Kenntnis und im ersten Schrecken darüber flüchtete Emmy aus dem Hause zu Papa, der sich in der Kanzlei befindet und unbedingt verständigt werden muß.

Ehrenstraßer guckte verdutzt auf seine Tochter, das Ereignis wirkt auch auf ihn überraschend und ließ ahnen, daß Bianca mit solcher Verstärkung einen Schlag zu führen beabsichtige.

Der Richter hielt es für gut, sich sogleich ins Treffen zu stellen und damit zu verhindern, daß der unausbleibliche Streit etwa im Gerichtsgebäude zum Austrag kam. Von Emmy begleitet, begab sich Ehrenstraßer nach Hause, und kam eben recht, um einer Tierquälerei ein Ende zu machen, mit welcher seine Mädels eben angelegentlich beschäftigt waren, indem die Kinder ein Kätzchen, dessen Pfoten sie mit Stricken gebunden hatten, „streckten" und um so wilder jauchzten, je jämmerlicher das gepeinigte Tier schrie.

Ein paar Hiebe mit der Flachhand um die Ohren genügten zur Beendigung der Tierquälerei und heulend flüchteten die Mädels voraus und hinauf zur Mutter, um deren Schutz zu erflehen. Ehrenstraßer unterdrückte die ihm auf der Zunge liegende Bemerkung über solche Erziehungsresultate, und schritt mit Emmy die Treppe hinauf.

Wie eine Henne ihre Küchlein, so beschützte Frau Bianca ihre Töchterchen und hielt sie umschlungen, während Frau Zuccati sogleich den Kampf eröffnete durch die Mitteilung in gebrochenem Deutsch, daß sie gekommen sei, den unhaltbaren „skandalösen" Zuständen ein Ende zu machen.

Der Ton dieser Ankündigung veranlaßte den Richter zur ironischen Erwiderung: „Wie's beliebt Frau Zuccati!"

„Come? Was wollen Sie?"

„Zunächst begrüße ich Sie in meinem Hause! Sind Sie zu Besuch Ihrer Tochter, meiner Frau, gekommen, heiße ich Sie willkommen! Wollen Sie aber versuchen, Zwietracht in mein Eheleben zu bringen, so diene Ihnen zur Kenntnis, daß ich nicht gesonnen und Mann genug bin, um jedem derartigen Versuche ein rasches Ende zu machen!"

„Molto bene! Meine Tochter haben mir geschrieben alles! Ich wissen alles und werden machen der misericordia eine finita! Ich Ihnen sagen, daß filia mia nicht mehr bleiben in loco! Ich nehmen meine Tochter und ihre Kinder mit —"

„Was wollen Sie?" rief erregt Ehrenstraßer.

Bianca erhob sich und mit theatralischer Emphase rauschte sie auf den Gatten zu. „Si! Meine Mutter sprechen die verità! Ich werde gehen mit ihr! Ich habe das Leben hier satt!"

„Bianca!" rief Ehrenstraßer in schmerzlicher Überraschung.

„Si! Gehen oder du kompetierst um Versetzung an ein Giudizio distretturale im Trento!"

Frau Zuccati unterstützte dieses Ultimatum mit vollster Lungenkraft und suchte die Forderung zu begründen durch den Hinweis, daß Bianca gemäß ihrer Nationalität ein Recht besitze, in einem Lande zu leben, dessen Sprache die ihrige sei.

„Ah! Der Nationalitätenstreit nun gar in die Ehe verpflanzt! Es wird ja immer schöner! Warum hat denn Bianca meine

Werbung um ihre Hand nicht gleich in der ersten Stunde aus Nationalitätsgründen abgelehnt?"

Frau Zuccati sprudelte heraus. „Weil sie wollte kommen unter Hauben!"

„Sic! Also erstickte dieses Streben das Nationalitätsgefühl! Bravo! Ich bin Ihnen dankbar für dieses Geständnis! Aber die Ehe ischt ein festes Band! Den Wohnsitz zu ändern steht nicht in meiner Macht, ganz abgesehen davon, daß ich keine Lust verspüre, als deutscher Beamter im Welschland zu domizilieren. Auch beherrsche ich die italienische Sprache nicht, um ein Gericht in diesem Idiom zu leiten! Übrigens ischt alles Gerede hierüber völlig zwecklos! Bianca ischt mein Eheweib, hat am Altar gelobt, in Leid und Freud' mit mir durchs Leben zu gehen, ihr Platz ischt an meiner Seite und dabei bleibt es!"

„No, no!" zeterte die Richterin. „Ich bleibe nicht mehr in diesem Nest! Ich werde gehen! Wenn schon nicht nach dem Süden, so gehe ich mit den Kindern in größere Stadt! Ich wollen nicht versauern und verbauern in loco!"

Frau Zuccati wollte wieder eine Rede loslassen, da machte Ehrenstraßer der Scene ein Ende durch die Eröffnung, daß er kraft seiner Würde und Macht als Familienoberhaupt sich jede Einmischung verbitte und hiermit Frau Zuccati ernstlich auffordere, binnen 24 Stunden das Haus zu verlassen.

Ehrenstraßer ging und ließ die welschen Damen in Verblüffung zurück.

XVIII.

Die trüben Gedanken Ehrenstraßers wurden zurückgedrängt durch einen Besuch in der Kanzlei. Ein Bauer, namens Maldoner, dessen Gehöft in nächster Nähe des Städtchens liegt, stolperte unbeholfen und verlegen in die Amtsstube, drehte den Hut im Kreise und blieb vor dem Richter stehen.

„Nun, Maldoner, was bringt Ihr oder was wollt Ihr von mir?"

„Herr Stadtrichter! Ich hätt' eine große Bitt'!"

„So sprecht nur frei von der Leber weg!"

„Schon! Aber es ischt eine heikle Sach'! Wissen S', Herr Stadtrichter: Ich hunn öppas (etwas) Ruben (Rüben) an'baut, schöne Möhren sind's worden, aber fechsen kann ich selle nit!"

„Warum denn nicht?"

„Gleich nit zum glauben! Selle Möhren werden alleweil weniger und decht hun ich selle nit geholt!"

„Ihr meint also, daß sie Euch gestohlen werden?"

„Könnt' schon sein! Ich hätt's auch nit gedenkt, daß es möglich wär' vom Nachbar!"

„Wer ischt Euer Nachbar?"

„Der Widschwenter Michel war' es, wenn Euer Gnaden nix dagegen hätten!"

„Ihr glaubt also, dieser Widschwenter stiehlt Eure Rüben! Wenn ich nicht irre, ischt besagter Widschwenter ein gutsituierter Mann, von dem ich nicht glauben kann, daß er Rüben stiehlt!"

„Gesehen hun ich ihn freilich nit beim Stehlen! Wenn ich aber mein Rubenfeld anschaue, kann's decht nit anders sein, als daß die Möhren gestohlen werden!"

„Kann der Diebstahl nicht von anderer Seite verübt werden?"

„Ich glaub' nit!"

„Warum nicht?"

„Weil ein anderer Dieb decht zu weit zu gehen hätt'!"

„Habt Ihr sonst keinen Verdacht?"

„Gleich nur auf den Widschwenter!"

„Warum soll dieser anständige Mann just ein Möhrendieb sein?"

„Weil seine Rosse gar so viel gut ausschauen!"

Ehrenstraßer blickte den Bauer verwundert an; solche Folgerung überrascht den alten Richter, dessen weitere Fragen und Folgerungen jedoch keinen Erfolg haben.

Maldoner bleibt bei seiner Mutmaßung und seine Äußerungen drehen sich im gleichbleibenden Kreise.

Der Richter notiert sich den Fall und belehrt den Bauer dahin, daß alle Vorbereitungen getroffen werden sollen, um den Dieb in flagranti abzufassen. Einige Nächte werde Maldoner doch wohl opfern können und aufpassen. Gelingt es, den Dieb zu erwischen, so solle sogleich Anzeige erstattet werden. Damit war Maldoner entlassen.

Den Richter beschäftigte die seltsame Äußerung Maldoners, das sonderbare Motiv eines Rübendiebstahles zu

196

recherchieren und eine oder mehrere Nachtpatrouillen in der Weise einzuleiten, daß jene zwei Gehöfte überwacht werden.

„Herr Bezirksrichter! Haben S' das Unglück schon gehört?" Mit diesen Worden stürzte Perathoner, der dicke Amtsdiener in die Kanzlei und fuchtelte erregt mit den Armen in der Luft.

„Was ischt geschehen?"

„Grad hab' ich's gehört! Das Drahtseil der Luftbahn soll gerissen sein, oder sonst ein Unglück und die Frau von Bauerntanz ischt aus einem Luftwägele herabgefallen!"

„Nicht möglich! Tot?"

„Ich weiß sonst nichts Näheres!"

Eine Flut von Gedanken stürmte auf den betroffenen Richter ein, welcher zum Gendarmerielokal eilte, um Näheres über die Unglücksstelle zu erfahren. Wie kam die Doktorin in einen Luftbahnwagen? Welches Motiv liegt da zu Grunde? Ist es ein Unglücksfall? Oder ist ein Verbrechen verübt worden? Im Gendarmerielokal erfuhr Ehrenstraßer von der Wachtmeisterin lediglich, daß ihr Mann bereits zur Fabrik geeilt, Sittl jedoch auf Patrouille sei. So blieb dem Richter nichts anderes übrig, als zu Ratschiller zu gehen und dort Erkundigungen zu erheben. Aber im Komptoir wußte man nichts. Ratschiller jun. ist nicht anwesend, von der Fabrik keine Meldung da.

Ehrenstraßer ließ einen Komptoiristen telephonisch in der Fabrik anfragen, doch erfolgte keinerlei Antwort. Somit entschloß sich der Richter sogleich, über den Sattel bergeinwärts zu gehen, schickte aber vorsichtshalber zum Bezirksamt und ließ Träger requirieren.

Ein Stündchen später langte Ehrenstraßer schier atemlos in der Cementfabrik an, deren Arbeiter zum Teil anwesend, zum anderen Teil auf den Stadtberg zur Hilfeleistung geeilt sind. Genaues wußte niemand anzugeben, und Hundertpfund, der Fabrikleiter, ist nicht da. Es hieß lediglich, daß die Frau von Bauerntanz von einem Arbeiter blutüberströmt unweit des Verankerungsgebäudes am Stadtberg aufgefunden wurde. Ein Streckenarbeiter sei mit dieser Meldung zur Fabrik gelaufen, der andere Arbeiter hingegen zur Stadt gelaufen, um den Wachtmeister zu verständigen.

Von Bruch des Drahtseiles könne keine Rede sein, denn die Luftbahn funktioniere tadellos und sei ununterbrochen im Betriebe.

Auf dem Wege zum Stadtberg kam dem Richter der Transport entgegen: Arbeiter trugen die arme Frau auf einer aus Fichtenstämmchen hergestellten Bahre, und an der Spitze des Zuges schritt Hundertpfund, ersichtlich verstört, an der Seite des Wachtmeisters.

„Um Gotteswillen, was ischt geschehen?" rief ihm Ehrenstraßer entgegen.

„Herr Bezirksrichter! Ein tiefbedauerliches Unglück!" stammelte der Fabrikleiter und trat zur Seite, um die Arbeiter mit der Tragbahre vorbeischreiten zu lassen. Hintendrein folgte nun Hundertpfund mit Ehrenstraßer, der Mühe hatte, seiner Erregung Herr zu werden.

„Wie kam die Doktorin auf die verrückte Idee, in einem Luftwagen spazieren zu fahren?" forschte der Richter.

Hundertpfund erwiderte befangen und bebenden Tones: „Ich zeigte der Frau von Bauerntanz, die sich für unsere Luftbahn lebhaft interessierte, die Hauptverankerung auf der Schneide des Stadtberges und animierte sie, die an sich bei ruhigem Verhalten im Wagen gefahrlose Fahrt vom Stadtberg hinunter zur Fabrik mit mir zu unternehmen!"

„Sie sind aber nicht herabgestürzt?"

„Ich fuhr ja nicht mit!"

„Warum nicht?"

„Wir standen im Durchlaufsraum des Verankerungsgebäudes. Frau von Bauerntanz empfand Vergnügen an der Sache und hüpfte plötzlich in einen durchlaufenden Wagen, der im normal raschen Laufe mit ihr davonrollte, ehe ich mich hineinschwingen konnte. Lachend fuhr die Dame durch die Luft im Rollwagen davon."

„Und was thaten Sie nun?"

„Ich empfand nun doch Angst, verließ das Verankerungsgebäude und lief dem Luftwagen nach, soweit das bestockte und bergige Terrain dies erlaubte. Ein gellender Schrei belehrte mich, daß ein Unglück geschehen sein mußte; ich eilte dem Gehör nach in der Richtung der Seilbahn und fand die Dame abgestürzt am Waldboden liegen."

„Wie erklären Sie sich diesen Sturz?"

„Mutmaßlich ein Schwindelanfall oder ein unvorsichtiges Hinausbeugen, wodurch der Wagen umkippte!"

Ehrenstraßer fühlte sich durch diese Angaben nicht befriedigt, seine Gedanken kehrten immer wieder zu der Frage zurück. Wie kommt die Dame allein mit dem Fabrikleiter in jene einsame, entlegene Gegend und auf den Gedanken, eine so waghalsige Fahrt durch die Luft zu unternehmen?

Da der Zug eben in der Fabrik anlangte, konnte Ehrenstraßer nicht weitere Fragen an Hundertpfund richten; die bewußtlose Dame wurde in die Dienstwohnung des Fabrikleiters gebracht und dieser selbst verlangte telephonisch ärztliche Hilfe und Leute aus dem Krankenhause. Unterdessen traf aber schon Dr. von Bauerntanz selbst ein, der in größter Bestürzung an die Lagerstätte seiner Gattin trat und sich von Ehrenstraßer eine kurze Schilderung des Thatbestandes erbat. Hundertpfund hatte sich still entfernt.

Der ärztliche Befund ergab zunächst Arm- und Beinbruch; wahrscheinlich auch eine Gehirnerschütterung; starke Quetschwunden am Kopf. Der Bezirksarzt bemühte sich um seine Gattin und ein bald erschienener Stadtarzt unterstützte ihn dabei. Ehrenstraßer besprach den Fall mit dem Wachtmeister, welcher nur rapportieren konnte, daß er in dem Augenblick zur Unglücksstelle gekommen sei, als der Fabrikleiter die Dame auf die Bahre legte.

„Wie hat er sich dabei benommen?"

„Sehr aufgeregt!"

„Haben Sie etwa wahrgenommen, daß ihn Ihr Erscheinen erschreckte?"

„Mir ischt nichts Diesbezügliches aufgefallen."

„Halten Sie es für angezeigt, daß eine Dame solche gefährliche Luftfahrt allein unternimmt?"

„Nein, Herr Bezirksrichter!"

Ehrenstraßer begab sich, vom Wachtmeister begleitet, abermals hinauf zum Verankerungsgebäude, um die Situation zu studieren. Regelmäßig kamen auf dem einen Drahtseil die mit Cementfässern beladenen Wagen herauf, liefen durch das Holzgebäude durch und rollten weiter zur großen Spannung, die zum Bahnhofmagazin führt; auf dem anderen Seil bewegten sich in fixierten Abständen die Wagen mit Grieskohle, wovon jedoch auch viele leer zur Fabrik liefen. Das Durchlaufen durch das Verankerungsgebäude vollzieht sich in kaum einer Minute. Diese Spanne Zeit würde aber vollständig genügen, um einer Person, die bereits im Wägelchen sich befand, das Herausspringen im allerletzten Augenblick zu gestatten, falls diese Person eben nicht mitfahren wollte.

Hundertpfund — so kalkulierte der Richter — konnte also im durchlaufenden Wagen gewesen sein, gleichsam um durch seine Mitfahrt die Dame zu beruhigen, er konnte aber ebensogut auf die Rampe herausgesprungen sein, bevor dieser Luftwagen die Station verließ.

Welches Motiv konnte er zu solchem Verhalten gehabt haben? Weshalb ließ er die Dame die grausige Fahrt allein machen? Welchen Gewinn konnte er erhoffen, wenn der Dame beispielsweise der Sturz das Leben kostete?

Ehrenstraßer stellte sich in Gedanken diese Fragen, doch fand er keine Antwort darauf es hapert in der Prämisse.

Man kehrte in die Fabrik zurück; die noch immer bewußtlose Doktorin wurde nun in die Stadt getragen. Es fiel dem Richter auf, daß sich Hundertpfund ferne hielt; der Mann weicht also aus, doch wem gilt dies? Will der Fabrikleiter mit dem Gatten der Doktorin nicht in Berührung kommen oder weicht er dem Richter aus? Gesetzt den Fall, er scheut die Begegnung mit dem Gatten, so fragt sich, weshalb er mit diesem nicht zusammenkommen will?

Ein jäher Gedanke schoß Ehrenstraßer durch den Kopf und dieser Gedanke läßt sich ausspinnen, an ihn reiht sich logisch die Situation im einsamen Berge, im Verankerungsgebäude, doch reißt der Faden im Moment, da der Richter sich fragt, weshalb der Mann die Dame allein die Fahrt antreten ließ. Ist das Zufall oder Absicht gewesen?

Hierüber muß Klarheit geschaffen werden, wenn nicht augenblicklich, so später.

Schon wollte Ehrenstraßer den Rückmarsch antreten, da erschien Hundertpfund arg verstaubt an einem der Brennöfen. Die Bitte um eine kurze Begleitung konnte der Fabrikleiter nicht gut abschlagen und so ging Hundertpfund an der Seite des Richters ein Stück Weges mit.

„Wenn nur der unglückselige Sturz keine anderen Folgen als Knochenbrüche haben wird!" meinte im Gespräch Ehrenstraßer.

„Gott gebe es! Ich kann Ihnen nicht sagen, welche Vorwürfe mich quälen!"

„Interessierte sich die Doktorin denn so sehr für die Luftbahn?"

„Gewiß! Schon seit längerer Zeit! Indes war es bisher nicht zu einem Ausflug auf den Stadtberg gekommen. Und gerade die heutige erste Besichtigung mußte ein solches Ende finden!"

„Sie haben wohl die Doktorin am Fuße des Berges erwartet?"

„Ich bitte, Herr Bezirksrichter, wollen Sie mich verhören?"

„Geben Sie rückhaltslos Antwort auf meine Fragen, so wird der Fall am ehesten zum Abschluß gebracht werden können!"

„Sie glauben doch nicht an eine Absicht meinerseits?"

„Glauben heißt hier nichts wissen! Ich kann nicht wissen, wie sich die Sache abgespielt hat, weil ich ja nicht dabei war. Es ischt aber meine Pflicht Klarheit zu schaffen."

„Großer Gott! Sie halten mich doch nicht für einen Verbrecher!"

„Wo trafen Sie die Doktorin?"

„Am Fuße des Stadtberges!"

„Zufällig?"

Hundertpfund zögerte mit der Antwort.

„Ich halte eine zufällige Begegnung nicht wahrscheinlich!" bemerke der Richter. „Nehmen wir also Verabredung an. Eine Verabredung setzt eine Korrespondenz oder ein früheres Rendezvous voraus. Sie verkehrten häufig im

Doktorhause?"

„Ja, früher! Dann erfolgte eine Unterbrechung."

Ehrenstraßer erinnerte sich jetzt an jenes seltsame Verhalten der Doktorin und ihren jähen Abgang aus der Gesellschaft bei Ratschiller, und forschte weiter: „Weshalb wurde der Verkehr abgebrochen?"

„Bitte, Herr Bezirksrichter, erlassen Sie mir die Antwort aus Gründen privater Natur!"

„Gut! Wann nahmen Sie den Verkehr wieder auf?"

„Zur Zeit der Ratschiller-Katastrophe infolge einer zufälligen Begegnung."

„Haben Sie nicht die Empfindung, daß der Aufenthalt einer verheirateten Dame oben auf dem Stadtberge, im Gebäude in Gegenwart eines ledigen Herrn etwas sonderbar ischt?"

Hundertpfund bat jetzt, aus dienstlichen Gründen in die Fabrik zurückkehren zu dürfen und diesem Ansuchen willfahrte Ehrenstraßer, der nun auf dem Wege zur Stadt sich ganz in diesen Fall vertiefen konnte.

Der Marsch hatte Hunger und Durst erzeugt, weshalb der Richter im „Ochsen" zusprach und sich eine „Jause" gönnte. In gleicher Absicht fand sich kurz darauf der Bezirkskommissär im Gasthause ein, wiewohl dieser Beamte auf den Richter wegen des damaligen Ausdruckes „Rabulistik" eine Art Privathäßle hegte. Der Kommissar gönnte sich daher ein Spottwort, indem er auf die Anwesenheit der Ehrenstraßerschen Schwiegermutter anspielte und beifügte, daß die welsche Gnädige wohl eine Leidenschaft für Spazierfahrten hege.

„Wieso?" fragte Ehrenstraßer.

„Na, vor einer Stunde ist ja Ihr ganzer Harem, Fräulein Emmy ausgenommen, zu Wagen fort!"

„Ja, ja, ich weiß!" log Ehrenstraßer, den ein unbehagliches Gefühl beschlich, dann trank er das Glas aus, zahlte und entfernte sich unter höflichem Gruß.

Jetzt langsam nach Hause zu gehen, mußte sich der Richter zwingen, er weiß, daß ihn die neugierigen Augen jenes Beamten verfolgen und will jeden Anschein vermeiden, als ob jene Anspielung auf die Spazierfahrt ihm flinke Beine machen würde.

Endlich aber im Hause angekommen, macht Ehrenstraßer die Stufen doppelt und stürmte hinauf. Welche Bescheerung!

Emmy steht in höchster Bestürzung vor geleerten Kasten, es ist kein Zweifel möglich, daß die Stiefmutter Bianca mit den Kindern und mit Sack und Pack das Haus verlassen hat.

„Vater! Alle sind fort! Es ischt schrecklich!"

Ehrenstraßer fand im ersten Augenblick kein Wort, sein Atem ging hastig, die seelische Erschütterung ist zu groß. Sein Weib hat ihn verlassen ohne ein Abschiedswort. Emmy umschlang mit den Armen den armen Vater und flüsterte: „Nun hast du nur noch mich und ich bleibe bei dir, lieber, guter, armer Vater!"

„Ja, du bischt ein braves Kind, das einzige Wesen, das bei mir aushält! Daß es so kommen mußte!" —

———————

XIX.

Die fluchtartige Abreise der Richterin erregte im kleinen Städtchen Sensation, die stärker wirkte, als die Verunglückung der Doktorin. An Gesprächsstoff hatten die männlichen und weiblichen Klatschbasen sonach keinen Mangel, nur wußten sie die Reise nicht recht zu deuten. Begehrte Auskunftspersonen wurden daher die Dienstboten Ehrenstraßers, denen auf Schritt und Tritt aufgelauert wurde und von welchen zu erkunden war, daß Frau Bianca mit Kindern und Mutter wahrscheinlich für immer abgereist sei, weil sie in dem Nest nicht mehr bleiben wollte. Diese Mitteilung mußte den Lokalpatriotismus verletzen, sie bewirkte einen Umschwung der öffentlichen Meinung zu gunsten des allgemein verehrten, nun treulos verlassenen Richters. Ehrenstraßer litt schwer, doch ließ er sich durch den Schmerz nicht beugen, er suchte und fand Trost bei seiner wackeren Tochter und in treuer Pflichterfüllung. Lebte und arbeitete er gerne im Städtchen, das ihm zur zweiten Heimat geworden, so liebte er das traute Bergdomizil jetzt erst recht innig samt den damit verbundenen Entbehrungen. Eine wehmutsvolle Liebe! Verließ ihn doch die Gattin, weil sie zu wenig Vergnügen hatte im Städtchen.

Am Benehmen der Ortsbewohner konnte Ehrenstraßer erkennen, daß ihm eine gesteigerte Verehrung entgegengebracht wird, eine Art Dankbarkeit, daß doch er aushält im Städtchen, das seine genußsüchtige Frau geringschätzte und verließ. Ein kleiner Trost freilich, aber doch ein Trost. Der Dienst drängte die schmerzlichen Gedanken bald zurück, es giebt im Amt keine Ruhezeiten, für einen Untersuchungsrichter schon gar nicht, so dieser seinen Dienst genau nimmt und weiß, wie schwierig dieses Amt ist. Pflegte doch Ehrenstraßer jüngeren Kräften stets zu versichern, daß vom Gerichtsbeamten immer Kraft und frischester Eifer, ausdauernde Gesundheit, umfangreiches, stets gegenwärtiges juridisches Wissen in strafrechtlichem wie civilrechtlichem Fache, Menschenkenntnis, gewandtes Benehmen, offener Sinn und Energie, Takt und Mut verlangt werden, und daß erforderlichen Falles Gesundheit und Leben im Dienst eingesetzt werden müssen.

Nach solchen Grundsätzen arbeitete Ehrenstraßer und ward dadurch seinen unterstellten Beamten ein leuchtend Beispiel zur Nachahmung im schweren Amte.

Der Richter war längst im gewohnten Dienstgeleise, da im Städtchen die Wogen der Disputation noch hoch gingen, und ruhig amtierte er einen Fall nach dem anderen. Maldoner fand sich wieder ein, um zu berichten, daß er zwar den Dieb noch nicht abgefangen, dagegen einen seltsamen Fund gemacht habe und zwar steckten in einer Scheunenecke zwei Säcke mit Korn, gezeichnet M.W.

Ehrenstraßer horchte einigermaßen verwundert auf.

„Ich mein' decht, das Korn hat mir der Widschwenter Michel heimlicherweise in die Scheune gesteckt, aber die Möhren hat er mir decht gestohlen!"

„Dann sollten die zwei Säcke Korn wohl eine Entschädigung für die gestohlenen Rüben sein?"

„Sell könnt' schon möglich sein!"

„Entspricht der Wert des Kornes dem Verlust an Rüben?"

„Wohl, wohl!"

„Beharrt Ihr dann noch auf der Diebstahlsanzeige?"

„Na, na! Aber wissen möcht' ich decht, ob es der Widschwenter ischt!"

„Für mich ischt der Fall nun abgethan. Ihr könnt dem Widschwenter jedoch sagen, daß er zu mir kommen soll, ich hätte mit ihm zu reden!"

Bald nach Abgang Maldoners wurde die Post gebracht, amtliche Schriftstücke, unter welchen Ehrenstraßer auch einen an ihn gerichteten Privatbrief fand. Die leise Hoffnung, daß das Brieflein von Bianca sein könnte, zerstörte sofort die ungelenke Handschrift auf der Adresse. Und ebenso ungelenk war der Brief geschrieben, im Sinn wie in der Schrift folgenden Inhalts.

„Gehorsamster Herr Strafrichter! So leid es mir thuet, das Sie von Ihrer Frau verlasen worden sind, muß ich doch so freindlich sein und anfragen, ob Sie nicht vielleicht Kleider zum Ausbessern haben. Ohne Frau reißen oft leichter Knöpfe und Hosen. Ich bin Ihnen zwar nicht persönlich bekannt, aber dennoch Schneider von Profession, habe mich aber nebenbei immer mit dem Kriminal befaßt. Ich habe mir dadurch geistig zu sehr angestrengt und bin etwas nerviös geworden, im übrigen besitze ich einen guten Humor ohne Socialdemokrat zu sein. Nun aber die Abreise, was nicht schön ist von Ihrer Frau und meine Arbeitslosigkeit, von der Bauernschneiderei wird man niemals nicht fett, macht mir so viel Sorgen, bin erst 22 Jahre alt und besitze trotzdem eine tadellose Vergangenheit. Sie werden vielleicht denken, ich könnte beim Schneidermeister in hiesiger Stadt Arbeit finden, dem muß ich Ihnen entgegnen, ich bin im Kriminal gebildet, und möchte zur Heilung das Kneip'sche Verfahren anwänden, bin deswegen in die Nähe vom stedtischen Schwimmbad gezogen. Wenn Sie etwas Arbeit in Ihrer Einsamkeit für mich haben, so bite ich nochmals darum, lasen Sie mir dieselbe zukommen, vielleicht kann ich später einmal es vergelten. Für meinen erfüllten Wunsch im Voraus dankend zeignet Hochachtend Cyprian Tschiggfrei. Wenn Sie so gut sind, schicken Sie mir aber keinen Schandarmen, die wenn ich sehe, werde ich immer nerviös. Nochmals mit gehorsamster Hochachtung der Obige."

„Den Brief heb' ich mir auf!" flüsterte Ehrenstraßer. Eine Stunde mochte verflossen sein, da meldete der Amtsdiener den Bauer Michael Widschwenter.

„Soll hereinkommen!"

Durch die Thüre wand sich die hagere Gestalt Widschwenters, der in der rechten Hand ein Taschentuch hielt und sich beim ersten Schritt in die Amtsstube mit feierlicher Umständlichkeit das Gesicht damit abwischte. Ehrenstraßer stutzte; die Temperatur ist nicht danach, daß sich jemand Schweiß vom Gesicht abwischen könnte. Unwillkürlich mußte der Richter an Aberglauben denken, der bekanntlich mancherlei Variationen speziell vor Gericht aufweist und in dieser Erwägung achtete Ehrenstraßer scharf auf das Verhalten dieses Bauers. Widschwenter richtete sich nach dem Abwischen des Gesichtes etwas auf und knüpfte dann sofort einen Knoten in das Tuch, den er fest in der Hand hielt.[12] Jetzt erst wagte es der Bauer, den Blick auf den Richter zu lenken, und zaghaft klangen die Worte: „Herr Stadtrichter! Ös habt's mich holen lassen!"

„Ganz richtig, Widschwenter! Ich möchte mit Euch etwas besprechen und zwar möchte ich von Euch erfahren, warum Eure Ross' so prächtig ausschauen!"

Der Bauer stand wie ein lebloser Holzklotz starr und blickte den Richter an, als ob dieser in einer fremden Sprache geredet hätte.

Ehrenstraßer wiederholte den Satz, der Bauer gab kein Zeichen eines Verständnisses. Sollte der Mann taub sein?

Der Satz wurde nun geschrieen, Widschwenter stand regungslos. Nun machte der Richter die Probe auf Simulation der Schwerhörigkeit, indem er den eisernen Briefbeschwerer in die Hand nahm, in scheinbarer Absicht zur Thüre ging und im Rücken Widschwenters das schwere Eisenstück zu Boden fallen ließ.

Der Bauer rührte sich nicht, zweifellos ist er also Simulant. Denn ein wirklich Schwerhöriger hört solchen Lärm durch die Schallleitung des Bodens und Körpers doch oder fühlt wenigstens die Erschütterung, der Simulant aber glaubt, daß er dies auch nicht hören dürfe und wendet sich daher nicht um.

Ehrenstraßer hob den Briefbeschwerer vom Boden auf und begab sich wieder an den Schreibtisch.

Ersichtlich drückte der Bauer den Knoten im Taschentuch und richtete einen fragenden Blick auf den Gerichtschef.

„Also der Widschwenter will heute nicht gut hören! Da müssen wir ihn schon auf etliche Tage einsperren, vielleicht bessert sich dann das Gehör!" sprach der Richter absichtlich leise.

Erschrocken platzte der Simulant heraus. „Ich bitt', Herr Stadtrichter, nur nit einsperren, ich hör' bloß auf einem Ohr nit b'sonders!"

„So, so! Also hörst jetzt doch besser, das ischt recht! Nun sag' mir, Widschwenter, wie ischt es mit deine Ross'? Selle fressen halt gestohlene Rüben gerne, nicht?"

„Wohl, wohl! Das ischt eine alte Sach'. Das Gras vom Nachbar macht die Küh' viel Milch und seine Rüben die Ross' stark und gerund!"

„Also hast du dem Maldoner die Möhren genommen?"

„I hun ihm dafür zwei Sack Korn 'geben, also hat er decht keinen Schaden!"

„Also Diebstahl aus Aberglauben! Na, der Maldoner hat die Anzeige zurückgenommen, du hast Ersatz geleistet, bleibst aber ein Dummkopf, weil du solche Sachen glaubst!"

„Kann schon sein, gnä' Herr! Aber helfen thuan selle Sachen decht und das ischt die Hauptsach'! Werd' ich jötzund nit eing'sperrt?"

„Nein! Aber wenn du noch eine einzige Möhre stiehlst, holt dich der Gendarm, merk' dir das, Widschwenter!"

„Saggra! Hätt's nit 'glaubt, daß selles Todtentüchel so wenig nutzt! Muß decht ein Tropf g'wesen sein, seller Todter!"

Ehrenstraßer entließ schmunzelnd diesen Originalmenschen, der hastig davontrollte, und wandte sich dann zur Erledigung der Aktenstücke.

Nachmittags sprach der Richter im Hause des Bezirksarztes Bauerntanz vor, um sich nach dem Zustand der Doktorin zu erkundigen. Der Bezirksarzt konnte mitteilen, die Brüche sind eingerichtet, Gipsverbände angelegt, die Patientin ist bei Sinnen, die Gehirnerschütterung nicht so schwer, als anfangs befürchtet wurde, doch dürfe niemand vorgelassen werden.

„So besteht Hoffnung auf Wiederherstellung?"

„Möglich ischt es ja; das Gedächtnis ischt völlig

verschwunden, meine Frau vermag sich an nichts zu erinnern, ich quäle sie selbstverständlich nicht mit weiteren Fragen. Wissen möchte ich aber, wie meine Frau auf den absurden Gedanken verfallen konnte, auf der Luftbahn eine Fahrt zu machen. Ob da nicht der Fabrikleiter dahintersteckt?"

„Zweifellos hat er die Gnädige dazu animiert."

„Werde mir den Mann gelegentlich vorfangen!"

Weiter wollte Ehrenstraßer auf dieses Thema nicht eingehen, er empfahl sich unter Wünschen auf baldige Genesung der Doktorin. Der Sache auf den Grund zu gehen, ist der Richter fest entschlossen, er wittert etwas und vermag an einen Zufall nicht zu glauben. So kam es denn zu einer abermaligen Vernehmung; Hundertpfund wurde vorgeladen und erschien pünktlich, wenn auch in gedrückter Stimmung, in der Kanzlei des Gerichtsvorstandes. Ehrenstraßer, dem der Aktuar zur Protokollführung an der Seite saß, begann das Verhör ruhig — ernst mit der Frage, weshalb Hundertpfund die Dame zur Fahrt bewogen habe. Im verzweiflungsvollen Tone erwiderte der Fabrikleiter. „Verzeihen Herr Bezirksrichter: Ich kann diese Frage nicht beantworten!"

„Weshalb nicht?"

„Aus Gründen diskreter Natur!"

„Damit kommen wir nicht vom Fleck. Verweigern Sie die Antwort, so kann ich nicht an den von Ihnen behaupteten unglücklichen Zufall glauben!"

„Um Gotteswillen! Sie werden mich doch nicht für einen Verbrecher halten?"

„Um meine persönliche Meinung handelt es sich nicht! So

lange nicht aufgeklärt ischt, ob die Möglichkeit der Absicht zur Herbeiführung des Sturzes besteht, ebensolange ischt der Verdacht gerechtfertigt!"

„O Gott, ich soll verdächtig sein!" jammerte Hundertpfund.

„Es thut mir leid, doch kann ich es nicht ändern. Für das Gericht liegt der Fall zur Stunde ohne Ihre Aufklärung folgendermaßen: Sie unterhielten Beziehungen zur Dame, Sie lockten Sie hinauf, als Sie mutmaßlich des Verhältnisses überdrüssig geworden, —"

„Halten Sie ein! Ich kann dies nicht anhören! Nein, tausendmal nein! Sie verirren sich in Mutmaßungen!"

„So klären Sie die Sache auf! Oder ischt es Ihnen lieber, wenn ich nach erfolgter Gesundung die Dame vernehme?"

„Das wäre noch schrecklicher!"

„Ich muß aber klar sehen und erfahren, ob dem Falle Absicht zu Grunde liegt!"

„Sie wollen mich zu einer Indiskretion der Dame gegenüber zwingen!"

„Der Untersuchungsrichter darf übertriebene Rücksicht nicht üben!"

„Aber um Himmelswillen, ich kann doch nicht zugeben, daß öffentlich bekannt wird, was geheim bleiben muß."

„Von einer öffentlichen Bekanntgabe ischt zunächst überhaupt nicht die Rede, es wird die Untersuchung durchgeführt. Ergiebt sich, daß der Verdacht hinfällig wird, so wird die Untersuchung geschlossen, und niemand erhält Kenntnis von den Aussagen der Vernommenen."

Hundertpfund atmete auf. „So würde es ein Geheimnis bleiben, was unter vier Augen gesprochen wurde?"

„Unter sechs Augen! Der Aktuar muß die Aussage zu Papier bringen!"

„Dann bedaure ich, nichts aussagen zu können!"

„Die Folgen haben nur Sie selbst zu tragen!"

„Und welche würden dies sein?"

„Ihre Verhaftung und die Vernehmung der Dame nach ihrer Wiederherstellung!"

„Großer Gott! Wenn Sie nur glauben wollten, daß nur ein unglücklicher Zufall vorliegt. Unter vier Augen will ich Ihre Frage ja beantworten, um die Vernehmung der Dame unnötig zu machen!"

Ehrenstraßer gewährte diese Bitte und schickte den Aktuar auf kurze Zeit hinaus.

Nach Verlauf einer Viertelstunde war Hundertpfund entlassen, und der Richter teilte dem herbeigerufenen Aktuar mit, daß das angefangene Vernehmungsprotokoll vernichtet werden könne.

Verwundert blickte der Aktuar auf seinen Chef.

„Ja, ich habe mich geirrt! Seit vielen Jahren wieder einmal! Unfehlbar ischt kein Untersuchungsrichter und mir soll dieser Fall selbst im Alter eine Witzigung sein. Man muß nicht immer Verbrechen wittern wollen! Besorgen Sie die Vernichtung durch Verbrennen des Protokolls in meinem Ofen hier!"

Das geschah rasch, die Flamme verzehrte gierig den Papierbogen. Bei dieser Gelegenheit geriet der Aktuar in unsanfte Berührung mit den zersprungenen Kacheln des wackeligen, alten Ofens, und krachend stürzte dieser ein.

„Gott sei Dank!" rief Ehrenstraßer. „Wie oft habe ich um

Bewilligung eines neuen Ofens petitioniert und immer vergeblich. Die Rauchqualen werden nun für immer ein Ende haben. Schreiben Sie einen Bericht an das Obergerichtspräsidium, daß mein Ofen eingestürzt ischt! So hat denn alles auch eine gute Seite, damit auch mein Irrtum!"

XX.

Der Weihnachtsabend war gekommen mit strenger Kälte und viel Schnee, in welchem das Amtsstädtchen schier erstickte. Kaum die nötigsten Steige waren eingeschaufelt, wer die Straße überqueren wollte, mußte waten. Das bißchen Leben auf den erstarrten Straßen erstarb völlig, bis auf Schneeballen werfende Jungens und wenige Gebirglerfuhrwerke zeigte sich niemand im Freien; das Schneetreiben war zu arg.

Still ging es im Hause des Richters zu; Emmy waltete ihres Amtes als Haushälterin, die nur ein Mädchen zur Verrichtung der groben Arbeit hielt. Verstummt der einstige Kinderlärm, es ist still geworden wie in einem Kloster.

Emmy richtete die wenigen Geschenke für den Vater zurecht, auf daß doch ein klein wenig Weihnachten gefeiert werde. Die reichsdeutsche Weihnachtsfeier mit Kerzenschimmer im Tannenbäumchen und all dem wonnigen Zauber kannte man in Ehrenstraßers Familie nicht. Und für die diesmaligen Weihnachten ist ja gar keine besondere Veranlassung zu einer besonderen Feier gegeben. Der Vater einsam und verlassen wie die Tochter, ferne die Gattin und die Kinder.

Ehrenstraßer kam früher am Nachmittag nach Hause als sonst, es war ihm am heiligen Abend denn doch zu kahl in der Amtsstube, zu öde und einsam bei seinen Akten. Die Geschenke für Emmy hatte er in der Kanzlei verwahrt und trug selbe jetzt ins Haus.

„Stille Weihnachten heuer!" meinte der Richter mit wehmütigem Lächeln und legte die Paketchen auf den Tisch der Wohnstube.

217

„Verzage nicht, Vater! Es geschieht alles nach Gottes heiligem Willen und Gott legt dem Menschen nicht mehr auf, als der Sterbliche tragen kann!"

„Ja, ja! Muß schon so sein! Wie ischt's, Emmy, soll ich dir dein Weihnachten jetzt gleich oder beim Lampenschein übergeben?"

„Bitte, lieber Vater! Es ischt traulicher beim Lampenschein!"

„Dann sorge aber, daß wir heute Punsch bekommen! Hat der Fischer den gewünschten Karpfen geliefert?"

„Nein! Er ließ sagen, bei dieser Kälte könne er überhaupt keinen Fisch liefern!"

„Macht auch nichts! In der Großstadt sind wir ja nicht und der Mensch muß sich bescheiden. Aber ein Fläschchen Punsch haben wir doch?"

„Ja, ein einziges vermochte ich aufzutreiben, es war glücklich das letzte beim Krämer!"

„Es geht nichts über eine weise Verproviantierung! Eigentlich leben wir doch in einem richtigen Landnest!"

„Willst du fort von hier, Vater?"

„Wie kommst du auf diesen Gedanken?"

„Weil Väterchen auf unser Städtchen zu schelten beginnt, genau wie —."

Emmy brach plötzlich ab.

„Genau wie — ja, ich weiß, was du sagen wolltest! Nein, nein, ich empfinde keine Sehnsucht, von hier wegzukommen!"

Mehr für sich flüsterte Ehrenstraßer: „Die ersten Weihnachten seit der Trennung! Wie es ihnen wohl ergehen mag drunten im Süden?! Außer den Anwaltsbriefen kein Lebenszeichen! Wer hätte solchen Starrsinn für möglich gehalten?"

Emmy näherte sich dem Vater und bat schmeichelnd, es möge Papa keine trüben Gedanken aufkommen lassen am heiligen Abend. Noch seien ja Vater und Tochter beisammen!

„Du bischt ein gutes Kind, Emmy! Aber versauern sollst du nicht in unserer Einsamkeit, ich kann das nicht verantworten!"

Lächelnd erwiderte Emmy: „Vaterle will mich doch nicht gewaltsam fortschicken?"

Die Korridorschelle begann zu klingeln, sie mußte energisch von Männerhand gezogen worden sein.

„Doch nicht Besuch?" meinte Ehrenstraßer und zündete für alle Fälle die Hängelampe an, während Emmy in den Korridor hinausging, wo das Dienstmädchen bereits die Thür geöffnet hatte und den Besucher einließ.

Trotz des schwachen Scheines des Korridorlämpchens erkannte Emmy sogleich Herrn Ratschiller und bestürzt rief sie aus: „Franz, du?!"

„Ja, ich! Gott zum Gruß, Emmy! Ischt der Vater schon zu Hause?"

„Du willst zum Vater?"

„Ja! Und selbstverständlich auch zu dir!" lächelte Franz Ratschiller, entledigte sich des Mantels und Hutes, schüttelte die letzten Schneespuren von den Stiefeln und bat munter um gnädigen Einlaß. Verwundert öffnete Emmy die Thüre zum Wohngemach und rief hinein: „Vater! Herr Ratschiller will uns besuchen!"

„Ei der Tausend! Willkommen!" Dem Besucher entgegenlachend, reichte ihm Ehrenstraßer herzlich die Hand zum Gruße und bat, Platz zu nehmen.

Franz blieb stehen und begann in feierlichem Tone zu sprechen: „Verzeihen Herr Bezirksrichter mein spätes Eindringen! Ich kann den heiligen Abend nicht vorübergehen lassen, ohne Ihnen, Fräulein Emmy, eine innige und herzliche Bitte zu unterbreiten! Ich bitte heute um mein Christkindl, um die Hand Emmys zum zweiten Male!"

Emmy schluchzte, überrascht stand der Vater.

„Ich kenne kein größeres Glück auf Erden als die eheliche Verbindung mit Emmy! Gewähren Sie mir dieses Glück als Weihnachtsgabe! Meine Verhältnisse seit jener Katastrophe kennen Sie zur Genüge, ich kann beifügen, daß das Geschäft besser denn je geht und blüht, daß meine Mutter völlig einverstanden ischt und von meinem Werbegang Kenntnis hat! Ich bitte in dieser weihevollen Stunde inniglichst um Ihr ,Ja', um Ihren Vatersegen!"

Tiefe Rührung hatte sich des alten Mannes bemächtigt, zitternd sprach er: „Ihr wiederholter Antrag ehrt mich, doch wollen Sie bedenken, was inzwischen in meinem Hause sich ereignet hat."

„Tief beklage ich dieses Ereignis, doch kann dasselbe mich keinen Augenblick beirren, um die Tochter eines Ehrenmannes im edelsten Sinne des Wortes zu bitten!"

„Ich danke Ihnen! Die Antwort selbst soll Emmy Ihnen geben!"

Ratschiller wandte sich an die Tochter, die in Thränen ausbrach.

„Emmy, willst du mich glücklich machen am Weihnachtsabend, glücklich für ein ganzes Leben?"

„Franz! Ich liebe dich wie vordem, aber ich kann dir nicht angehören!"

Ein Wehruf entrang sich der Brust des jungen Mannes und in leidenschaftlicher Aufwallung fragte er: „Emmy! Um Himmelswillen, warum nicht?"

Emmy umarmte den Vater, an seiner Brust liegend, schluchzte sie: „Ich kann doch meinen guten, alten Vater jetzt nicht verlassen! Ich bin ja das einzige Wesen, das ihm in der Einsamkeit verbleibt!"

Ehrenstraßer küßte in tiefer Rührung den Kopf seines Lieblings und sprach: „Nein, nein! Dieses Opfer nehme ich nicht an! Meinetwegen darf mein Kind nicht auf ein Lebensglück verzichten! Ob ich allein bleibe oder nicht, das hat nichts zu sagen. Viel wichtiger ischt mir, meinen Liebling glücklich zu wissen! Herr Ratschiller, ich nehme Ihre Werbung an und gebe meinen Segen!"

Sanft wollte Ehrenstraßer die Umarmung lösen, doch Emmy umschlang den Vater leidenschaftlich: „Ich lasse meinen guten Vater nicht allein!"

„Sei vernünftig, Emmy! Schau, ich verliere ja dich nicht, im Gegenteil, ich bekomme einen Sohn zur Tochter!"

Franz dankte bewegt und fügte bei, daß der Schwiegervater ja nur ins Ratschillerhaus zu ziehen brauche, um nicht allein zu sein.

Da blinzelte Emmy zum Vater empor: „Will Väterchen das thun?"

Was wollte der liebe alte Herr in diesem Augenblick thun: er nickte. Und nun wirbelte Emmy überglücklich zu Franz

221

und gab ihm den Verlobungskuß.

„Na, also! Braucht das Arbeit, bis junge Leute glücklich werden!" lachte gutmütig spöttelnd der Richter und zerdrückte eine Thräne im Auge.

Nun holte Franz sein Weihnachtsgeschenk für die liebe, schöne Braut aus der Tasche, eine Perlenkette, bei deren Überreichung er bat, auf den Aberglauben, daß Perlen Thränen bedeuten, nichts zu geben.

Auch für Papa Ehrenstraßer hatte Franz eine Gabe, ein Virginietui aus feinem Leder, doch der Richter lehnte das Geschenk höflich und dabei bestimmt ab unter dem Hinweis, daß seine Stellung ihm nicht gestatte, Geschenke, gleichviel von wem sie kommen, anzunehmen.

„Aber! Ich bin doch Ihr Schwiegersohn!"

„Noch nicht de facto! Sind Sie es, dann kann allenfalls über die Möglichkeit disputiert werden! Heute muß ich dankend ablehnen!"

Die Leutchen wollten nicht streiten und ließen den alten Herrn gewähren.

Es folgte die gegenseitige Bescherung zwischen Vater und Tochter, dann wurde mit Punsch die Verlobung gefeiert.

Auf die Bitte Franzens, nun die geliebte Braut seiner Familie zur Bescherung zuführen zu dürfen, nickte Ehrenstraßer und bald stapften die Verlobten ins Ratschillerhaus.

Der alte Richter saß nun allein und verlassen zu Hause.

XXI.

Im Hause des Bezirksarztes machte Frau Rosa die ersten Gehversuche auf Krücken gestützt und ihr Gatte half ihr bei diesem Beginnen, wobei er sie tröstete über das unvermeidlich gewordene Ungemach, daß ein Fuß kürzer bleiben werde. „Rosel wird halt hinken fürs weitere Leben!" meinte Dr. von Bauerntanz. „Ich bin eben ein Pfuscher!"

„Sag' doch das nicht! Mir geschieht ganz recht, das ischt die gerechte Strafe! Ich hab's nicht besser verdient!"

„Wieso denn, Rosel?"

Die Doktorin errötete bis an die Haarwurzeln hinauf und humpelte zum Gatten. Die Krücken fortwerfend, setzte sie sich auf seine Knie, legte das Köpfchen an seine Brust und begann reumütig zu beichten, daß sie zwar sehr leichtsinnig gewesen, mit dem Feuer gespielt hätte, doch nicht gefallen sei.

„Du warst aber doch oben allein mit ihm, Rosel?"

Erglühend gestand die Doktorin: „Ja! Verzeihe mir! Ich habe gefehlt, fast hätte ich dem Drängen nicht widerstanden! Im letzten Augenblick aber riß ich mich los und kaum wissend, was ich that, sprang ich, nur um fortzukommen, in einen der eben durchlaufenden Luftbahnwagen, der mich entführte. In der großen Aufregung vermochte ich nicht ruhig zu sitzen, der Wagen kam ins Schwanken, ich fiel heraus und stürzte in die Tiefe!"

Still ward es in der Stube. Der Doktor kämpfe mit seinen Empfindungen eine Weile und weinend lag sein Weib an seiner Brust.

Dann nahm er Rosas Kopf in die Hände und küßte die Gattin mit einem langen verzeihenden Kuß auf die zitternden Lippen.

„Ich danke dir aus tiefstem Herzen für deine Gnade und Güte!"

„Still, Rosel! Es soll vergeben und vergessen sein! Warst halt ein Gansel! Aber eine Strafe kann ich dir und dem Hansdampf nicht erlassen, das bin ich mir und meiner Mannesehre schuldig!"

„Was verlangst du?" fragte bestürzt die reuige Gattin.

„Frau Rosel, alias Gansel, setzt sich an ihres ehrsamen Gatten Schreibtisch und kritzelt an jenen faden Gecken eine Epistel des Inhalts, daß die Unterzeichnete ihrem Ehegatten reumütig alles eingestanden und die Überzeugung gewonnen habe, nicht nur sträflich leichtsinnig, sondern auch sehr albern gehandelt zu haben. Von tieferen Gefühlen sei niemals etwas vorhanden gewesen und nur eine dumme Frau konnte an dem faden Gefasel eines Schürzenjägers vorübergehend Gefallen finden. Mit der Ihnen gebührenden Achtung ergebenste Rosa von Bauerntanz!"

„Aber lieber Mann!" wand Rosa ein.

„So und nicht anders wirst du schreiben. Das sei die Strafe!"

Und der Doktor trug seine Gattin zum Schreibtisch, setzte sie wie ein Kind in den Sessel und richtete Papier und Feder zurecht. Und Frau Rosa schrieb gehorsam die harte Epistel, die natürlich nach Frauenart ein Postskriptum bekam, in welchem die Schreiberin einen spöttischen Glückwunsch zur Verlobung mit Fräulein Josefine aussprach für den Fall, daß der in seinen moralischen Anschauungen federleichte Herr Hundertpfund es nicht vorziehe, vom Schauplatz seiner Thätigkeit baldigst zu verschwinden.

„Echt weiblich!" spottete der Doktor und trug dann den Brief persönlich zur Post.

Die Wirkung dieses Briefes war am Sylvestertage die schriftliche Kündigung des Dienstverhältnisses an den Chef der Firma Ratschiller auf vier Wochen laut Handelsgesetz. Franz war ob dieser Kündigung nicht eben erfreut und ging mit dem Schreiben zum Schwiegervater in spe, um ihn um Rat zu fragen. Ehrenstraßer lachte bedeutsam und riet, die Kündigung ohne Weiteres anzunehmen. Mehr darüber könne nicht gesagt werden. Je eher der Mann aus der Gegend verschwinde, desto besser sei es.

Und so nahm denn Franz Ratschiller die Kündigung an und schrieb die Stelle eines Fabrikleiters aus, die, weil gut bezahlt, auch bald wieder besetzt werden konnte.

Vier Wochen darauf verschwand Hundertpfund ohne Abschied aus dem Städtchen.

XXII.

Die Hochzeit Emmys mit Franz Ratschiller war schon auf einen Tag im März festgesetzt und alle Vorbereitungen dazu im Gange. Ehrenstraßer hatte als liebender, fürsorglicher Vater das Seinige dazu gethan, die Ausstattung in Innsbruck und Wien bestellt und die kleine Mitgift flüssig gemacht.

Da kam eines Morgens eine Nachricht, welche das ganze Bezirksgericht in Bewegung setzte. Ehrenstraßer erhielt das Dekret, inhaltlich der Ernennung zum k.k. Landesgerichtsrat mit Versetzung in dieser Diensteigenschaft an das Strafgericht in Innsbruck. Vom letzten Gefangenaufseher bis herauf zum Gerichtsadjunkten kam die Beamtenschaft, um dem verehrten Chef zu dieser hochehrenden Auszeichnung die Glückwünsche zu überbringen, und gerührt dankte Ehrenstraßer für diese freundliche Aufmerksamkeit. Zugleich fügte er aber bei, daß er in seiner Diensteseigenschaft im liebgewordenen Städtchen zu verbleiben wünsche und daher auf die Beförderung Verzicht leisten werde. Die Beamtenschaft staunte, doch freute sie sich, daß der allverehrte Vorstand dem Gericht erhalten bleiben würde.

Während sich die Kunde vom Verzicht mit Blitzesschnelle im Städtchen verbreitete, schrieb Ehrenstraßer an das Präsidium die Bitte um Belassung in seiner bisherigen Stellung, in welcher er absterben möchte.

Als einer der ersten Gratulanten aus dem Städtchen erschien Ratschiller, den Ehrenstraßer humorvoll bat, mit einem Schwiegervater, der „nur" Bezirksrichter zu sein und bleiben wünsche, gütigst zufrieden sein zu wollen.

227

„Ich tauge nicht mehr in die Stadt und will Bezirksrichter bleiben!" fügte Ehrenstraßer hinzu.

„Und wir können darob nur glücklich sein!" versicherte Franz.

Wenige Tage darauf erhielt Ehrenstraßer einen Brief, der ihn unfähig zu jeglicher Arbeit machte. Der alte Richter zitterte schon beim Anblick der Handschrift und die Lektüre machte ihn weinen. Bianca gratulierte zur Beförderung und gestand reumütig ein, schlecht gehandelt zu haben. Der Verzicht auf die Versetzung nach Innsbruck habe ihr die Augen geöffnet, das Herz gerührt und demütig bitte die bisher Verblendete um die Erlaubnis zur Rückkehr an die Seite des Mannes, den sie so schwer gekränkt und nicht verstanden habe. Willig werde sie alles fürder ertragen, auf jegliches Vergnügen verzichten, wenn ihr nur das heißersehnte Glück einer Verzeihung werde, wenn sie zurückkehren dürfe. Eine Stunde später trug der elektrische Funke die Worte nach dem Süden: „Alles verziehen! Kommt sofort! Dein Gatte!"

Glücklich vereint, wurde Hochzeit gehalten, zu der sich auch die hinkende Doktorin mit ihrem Gatten einfand. Ehrenstraßer blieb Bergrichter, bis zum 70. Geburtstage seine Pensionierung unter Verleihung des goldenen Verdienstkreuzes erfolgte. Und von Jung und Alt verehrt, verlebte Ehrenstraßer im kleinen, trauten Städtchen den Abend seines Lebens glücklich und zufrieden, genannt der Bergrichter.

Fußnoten:

[1] Vergl. das geniale Werk von Prof. Dr. Groß: „Handbuch für Untersuchungsrichter." Im Gebirge existiert ein Brauch, daß Burschen mit rotverhängten Laternen in die Schlafstuben der Dirnen schleichen und die derbsten Scherze verüben. Es wird behauptet, daß das rote Licht die Leute eher schlafen mache, als daß es dieselben aufwecke.

[2] Einem Josef Aspdin in Leeds (England) gelang es bei seinen Versuchen, die natürlichen hydraulischen Mörtelbildner, Purzolan- und Roman-Cement, durch künstliche zu ersetzen, unter Beobachtung eines bestimmten Mischungsverhältnisses und einer entsprechend hohen Temperatur beim Brennen ein Produkt zu erhalten, das sich als ganz hervorragendes hydraulisches Mörtelmaterial erwies. Aspdin benannte es „Portland-Cement", weil es, wenn es in Wasser erhärtet, einem vorzüglichen Baustein jener Gegend, dem „Portlandstone" in Farbe und Haltbarkeit auffallend glich. Vergl. Dr. . Schoch, Die moderne Aufbereitung und Wertung der Mörtel-Materialien.

[3] In den Alpenländern deutscher Zunge bis hinein nach Niederbayern sagt das Bauernvolk „Okta" für Notar.

[4] Dieser Aberglaube ist heute noch im Bergvolk verbreitet, man glaubt an die unfehlbare Wirkung, doch bringe solcher Frevel, weil ein Bund mit dem Teufel, einen schweren Tod mit sich. Der Betreffende könne erst dann sterben, wenn ein Priester die Hostie wieder aus der Hand herausschneide, in welchem Moment die Schußsicherheit verloren gehe und der Bund mit dem Teufel wieder aufgehoben werde. Näheres hierüber bei *Dr. Höfler*, Volksmedizin und Aberglaube, 1888.

[5] Allgemein wird am Amtstag in Streitfällen eine sog. „mündliche" Vorladung des Gegners verlangt; diese „mündliche" Vorladung ist aber eine schriftliche, die jedoch nicht wie alle übrigen Ladungen durch das Gericht, sondern durch die Klagspartei zuzustellen ist. Ein Erscheinen auf solche „mündliche", i.e. schriftliche Ladung zum Austrag des Falles am betr. Amtstag ist aber nicht obligatorisch. Der umständliche Vorgang ist nach reichsdeutschen Begriffen mit einem einzigen Worte zu bezeichnen: „Sühneversuch".

[6] Mit diesem Ausdruck ist „Gerichtsadjunkt" gemeint. Nach gütiger Mitteilung befreundeter Gerichtsbeamter sind folgende Titulaturen im Bergvolk den Richtern gegenüber üblich: „Herr Kaiserlicher Rat, Herr Gerichtshof, Herr Scharfrichter, Herr Tag- und Nachtrichter, Herr Gerichtshallunk, Herr Stadt- und Landrichter."

[7] Alle angeführten Fälle sind der Wirklichkeit und Praxis entnommen, keineswegs Phantasie der Verfassers.

[8] Genaue Copie des Originals.

[9] Nach dem Original wörtlich kopiert. D.V.

[10] Nach den Originalen wörtlich kopiert. D.V.

[11] Der Ruf des Baumkauzes gilt als Warnung und lautet, in Noten gesetzt, ungefähr:

Ju- hu- hu   huuh!

[Zum Abspielen von Midi Grafik anklicken.]

[12] Ein Aberglaube südslavischen Ursprungs, der weit herauf in das Gebirge reicht, lautet dahin, daß man bei Citirung vor Gericht ein Tuch, mit welchem einem Verstorbenen das Kinn aufgebunden wurde, bei sich führen mußte. Wischt man sich vor dem Richter damit das Gesicht ab, so unterliegt man nicht, und solange der Knoten im Tuche nicht aufgelöst ist, kann einem das Gericht „nichts anhaben". Vergl. Dr. Groß „Handbuch für Untersuchungsrichter" I.